Gewidmet meiner Familie, meinen Freunden und all
den weisen und mutigen Menschen, die sich nicht
durch trügerische Zerrbilder entmutigen, oder gar
zum Schweigen bringen lassen.

Die Zukunft gehört uns!

Schweigensend – Eine Vampir Geschichte

Von Christoph Fischer

„Jakob, der Mond fällt vom Himmel" schrie die kleine Brunhilde, während sie ihren großen Bruder wachrüttelte. „Ach Knödelchen, bitte, du hast geträumt, leg dich wieder hin und lass mich schlafen ich muss Morgen wieder früh raus." Empört fuhr ihn die blonde Zehnjährige an: „Ich habe nicht geträumt, du Esel, komm mit und sieh' selbst, das halbe Dorf ist auch schon wach!" Schlaftrunken und murrend warf sich Jakob den dicken Mantel, den er von seinem Vater geerbt hatte, über und folgte seiner Schwester hinaus in den Hof. Sie hatte recht, zahlreiche Nachbarn und andere Bewohner des kleinen Bergdorfs Schweigensend stapften in jener kalten Februarnacht durch den Schnee. Sie hielten Fackeln und Laternen in den Händen und blickten ängstlich gen Himmel. Ein riesiger Gesteinsbrocken, fluoreszierend in der Farbe eines verdorbenen Käses schwebte über Schweigensend. „Das ist nicht der Mond." Brachte Jakob noch über die Lippen ehe ihm der Mund sperrangelweit offen stehen blieb. Brunhilde versteckte sich hinter seinem Rücken, klammerte sich an seinem Mantel, konnte aber nicht anders als neugierig hervor zu luken um das himmlische Spektakel zu beobachten. Langsam gleitete der schimmernde Brocken auf die Erde hernieder und enthüllte, dass er gar keine Kugelform hatte, sondern mit seiner Spitze eher einem Wassertropfen ähnelte. Schließlich erreichte das Ding den Boden und als es aufsetzte, stob Pulverschnee in die Höhe und nach allen Seiten. „Mein Acker!" winselte Bauer Grünzweig. Jakob hörte jemand hinter sich erschrocken nach Luft schnappen. Er drehte sich um und sah seine Mutter, auch sie musste vom Lärm der Leute geweckt worden sein. Sie hatte die rechte Hand entsetzt vor ihrem Mund gelegt, Jakob ergriff tröstend ihre andere. Einer Rosenknospe gleich öffnete sich der gigantische Himmelskörper und ein kegelförmiges Konstrukt schob sich in dessen Mitte heraus. So groß wie der Kirchturm des Dorfes war dieser steinerne Konus, in welchen ein Schacht führte. Und daraus kamen sie, einer nach dem anderen. Dünn und knochig. Jeder größer als zwei Meter. Unter der dunkelgrauen aber offensichtlich dünnen Haut konnte man Muskeln und Eingeweiden wahrnehmen. Ihre Gesichter waren lang wie die von Pferden, kantig und faltig. Dünnes silbernes Haar zierte nur sehr spärlich deren

Häupter, hing aber in langen Strähnen hinab bis zu ihren Füssen. Schwarze, tief liegende Augen blickten auf die Bewohner von Schweigensend. Zwei von ihnen wankten mit leicht unsicheren Schritten den Pfad, den das Gestein gebildet hatte herunter, bis sie den Bauern gegenüberstanden. Bürgermeister Geller drängte sich nach vorne und wies die Bauern an hinter ihm zu bleiben. „Sind das Mondmenschen?" flüsterte eines der Kinder, welches aber sofort von seinen Eltern mit einem eindringlichen „Pssst!" zum Schweigen gebracht wurde. Eine Weile standen die seltsamen Lebewesen nur da und warteten. Der größere war über drei Meter groß und was ihn außer seiner Größe und den vielen Narben von den anderen Wesen deutlich unterschied, waren geflochtene Fäden in Silber und Gold, welche sich von seinem linken Arm über den Körper hinunter zum rechten Bein schlängelten und des Öfteren auch durch seine Haut drangen. Am Ende seiner langen Schnauze öffnete sich sein kleiner Mund um einen Schwall krachender, zischender und klackender Geräusche abzusondern. Es klang dermaßen gruselig, dass die Bürger Schweigensend erschauerten und so mancher einen Schritt zurück machte. Dann begann der Kleinere der Beiden Mondmenschen zu sprechen. „Erdbürger, habet keine Furcht, vor euch getreten ist Worahmo, der Älteste der Worahbes. Makoah ist mein Name und ich werde mich als Vermittler dienlich erweisen. Unser Volk reiste lange Zeit. Not und Mühsal trieben uns in eure Sphären. Verzweifelt erbitten wir nun Hilfe und Zuflucht." Die Art wie der Übersetzer die Worte sprach war sogar noch gruseliger als die Laute, die der Anführer zuvor von sich gab. Bürgermeister Geller ergriff das Wort. „Ihr sprecht unsere Sprache?" „Wohl wahr!" antwortete Makoah, der Übersetzer „wir beobachteten und studierten euch um sicher zu gehen, dass das Erdenvolk würdig sei, uns als Gäste in Empfang zu nehmen. Ihr seid der Älteste dieser Gesellschaft?" Der Bürgermeister kratzte sich seinen Glatzkopf und wischte sich über sein dickes aufgedunsenes Gesicht bevor er antwortete. „Nun, der Älteste bin ich sicherlich nicht, aber ich habe hier auf jeden Fall das Sagen!" „Dann sprecht, edler Herr, gestattet ihr uns hier zu gastieren?" fragte der Übersetzer erneut. „Hast du gehört, sie wollen hier bleiben!" „Und für wie lange soll das sein?" „Mama, ich hab Angst, die sehen scheußlich aus." „Ich will ja nichts sagen, aber das Ding steht direkt auf meinem Rübenacker!" Wurde hinter Geller getuschelt. Er zögerte einen Augenblick doch fasste er sogleich den Entschluss, den er wie folgt in Worte fasste: „Volk der Worahbes, wie ihr sagt, floht ihr von Not, habt einen langen beschwerlichen Weg auf euch genommen, hier seid ihr nun in Sicherheit, ihr könnt selbstverständlich bleiben. Und als Bürgermeister dieses wunderschönen Dorfes heiße ich euch, unsere verehrten Gäste, auf das herzlichste Willkommen!" Hinter Geller entstand erdrückendes Schweigen, das große Wesen namens Worahmo gab zufriedene schlabber- und klack Laute von sich. Makoah verneigte sich leicht und sprach: „Habt Dank, Mann mit dem großen Herzen der das Sagen hat, Worahmo's Segen möge über euch kommen. Wenn wir sie nun in unsere Brezita bitten dürften, um ein paar Kleinigkeiten über unseren Aufenthalt zu besprechen. Sie werden sicher auch viele Fragen haben, welche wir ihnen drinnen gerne beantworten werden" Der Älteste der Worahbes hatte bereits kehrt gemacht und stapfte schon die Gesteinstreppen hinauf. Der Bürgermeister schluckte und stammelte mit dem Finger auf den schimmernden Gesteinsbrocken deutend: „In die Bre… Dort hinein?" „Ganz recht, im Inneren redet es sich leichter. Sie haben doch keine Furcht? Sie können, wenn es ihnen beliebt, einen Leibwächter mitbringen." Geller drehte sich zu seinen Mitbürgern um, seine fetten Wangen waren noch geröteter als ansonsten und Schweiß stand ihm auf der Stirn. Der Knecht Danzer trat vor. Bürgermeister Alois Geller wischte sich jedoch lediglich erneut übers Gesicht und meinte: „Nicht nötig, das gehört schließlich zu meinen diplomatischen Pflichten, geht voran!" So folgte der korpulente Volksvertreter den Wesen, die sich Worahbes nannten, in das felsähnliche Objekt, welches sich daraufhin wieder schloss wie eine Knospe. „Werden sie Bürgermeister Geller fressen" fragte eines der Kinder. „Aber nein, Schatz, sie haben nur viel zu besprechen, und es ist sehr kalt hier heraußen." „Ja, viel zu besprechen!" warf Mühlenbesitzer Burgstaller ein „Ich finde wir hätten da auch das eine oder andere Wörtchen mitzureden gehabt!" „Das stimmt!" „Meine Rede!" „Das sehe ich auch so!" vernahm man aus der Menge. „Los, lasst uns Heim gehen, hier draußen holen wir uns noch den Tod!" schlug Hermine Jäger, ein Freudenmädchen aus dem Dorf lauthals vor und erntete dafür zustimmendes Gemurmel. „Ich werde hier bleiben und auf den Bürgermeister warten." Erklärte der Knecht Rudolf Danzer sorgenvoll. Geller half ihm einst als er Gefahr lief seine Arbeit zu verlieren. Für sein intervenieren würde ihm Danzer ewig dankbar sein. Auch für Jakob, Brunhilde und Margot Schönfelder war die Zeit gekommen in die warme Stube zurückzukehren. Der sechsundzwanzigjährige Halbwaise stützte seine Mutter, welche toten blass war und schrecklich zitterte, ob mehr vor Furcht oder Kälte wusste er nicht zu sagen. Brunhilde schien die erste Begegnung mit den Wesen weitaus unbekümmerter aufgenommen zu haben. Sie hing sich nur spielerisch an ihren großen Bruders anderem Arm ein. Es begann leicht zu schneien. So stapften sie schweigend und nachdenkend durch den Schnee über ihr eigenes Maisfeld. Als sie ihren Hof erreichten, erwartete die kleine Bauernfamilie die nächste Überraschung. Nicht weit vom Futtertrog entfernt lag sie auf ihrem Bauch. Die Arme nach vorne gestreckt, das Gesicht in den Schnee gedrückt. Jakob eilte zu der angeschneiten jungen Frau und schüttelte sie. Dieses allerdings, ohne ihr eine Reaktion abringen zu können. Er hielt seine Wange nahe an ihr Gesicht. Der Schneefall wurde immer heftiger. „Wer ist das Jakob?" fragte Brunhilde. „Ich weiß es nicht, aber sie lebt, kommt macht mir die Tür auf. Wir müssen sie ins Warme bringen." Antwortete er und hob das blonde Fräulein hoch. In Windeseile hatte er sie in das Wohnzimmer verfrachtet und schürte das Feuer im Kamin. „Ich glaube sie hat Fieber." Sagte Margot, welche soeben die Stirn des Mädels berührt hatte. „Gut möglich, wer weiß, wie lange sie im Schnee gelegen hat." „Sollen wir sie zu einem Medikus bringen, Jakob?" „Wie denn Mutter? Hubert Stiefsohn ist der einzige Heilkundler in Schweigensend und der musste letzte Woche verreisen. Und wir haben keine Kutsche um in die nächste Stadt zu gelangen. Ich zweifle sehr stark, dass jemand uns sein Fuhrwerk leihen würde, sie würden denken wir fliehen vor diesen Dingern dort draußen und sie sehen ihren Karren niemals wieder! Und selbst wenn wir auf nur ein Pferd auftreiben könnten, siehst du nicht, wie es draußen schneit? Der Ritt und die Kälte würde ihr den Rest geben!" er atmete durch und fuhr dann fort „Sie muss es so schaffen!" „Wird sie sterben?... So wie Papa?" fragte Brunhilde. „Du brauchst dir keine Sorgen machen, Hildchen, der Himmelvater wird sie behüten, aber du gehst jetzt sofort in dein Zimmer, ziehst die nassen Sachen aus und schlüpfst ins Bett! Eine Kranke im Haus ist mehr als genug!" sprach die Mutter. Das Kind zog zwar eine Schnute folgte aber artig. Jakob beugte sich über die schlafende Frau musterte sie und blickte anschließend aus dem Fenster an welchen Schneeflocken die fast Radieschengröße erreichten vorbeitanzten. „Was passiert hier nur, Mama?" fragte er. „Ich weiß es nicht, Mausenbär, ich weiß es nicht. Vielleicht ist es eine Prüfung." Jakob musste schmunzeln, es war lange her seit ihm seine Mutter zuletzt Mausenbär nannte. Er senkte seinen Blick wieder auf das blonde Mädchen, ihre Wangen waren gerötet und kleine Schweißperlen sammelten sich auf ihrer Stirn. Der Bauernbursche strich ihr eine Strähne aus dem Gesicht. „Es ist gut, dass sie schwitzt, richtig?" fragte er. Seine Mutter nickte „Ja, es zeigt, dass ihr Körper kämpft." „Das ist gut! Es wäre ein Jammer... Sie ist hübsch. Findest du nicht?" Margot lächelte neckisch „Das ist sie in der Tat... Und ich sah keinen Ring an ihrem Finger." „Oh Mutter, ich bitte dich! Zu einem solchen Zeitpunkt!" er schaute wieder hinaus ins Schneegestöber und ergänzte: „Wo wir doch nicht einmal wissen, wie es jetzt weiter gehen wird. Von Ungewissheit werden wir erdrückt wie unsere Äcker von der Last des Schnees." Sie ergriff die Hand ihres Sohnes und streichelte selbige mit der Zärtlichkeit einer Mutter. „Du musst Vertrauen haben, es wird sich alles wieder zum Guten wenden, aber nun solltest du ins Bett gehen." „Ich glaube kaum, dass ich Schlaf finden können werde, ich helfe dir lieber mit ihr." „Das ist nicht nötig, mein Junge, Sie und ich, wir kommen schon zurecht, ich mache ihr später noch Essig-Umschläge und wache über ihr. Und du siehst zu, dass du dich ausruhst und zu Kräften kommst, du bist der Herr des Hauses, Morgen stehen wieder viele Verpflichtungen für dich an der Tagesordnung." Sagte sie zu ihm mit einem warmherzigen Gesichtsausdruck. „Na schön, wenn du darauf bestehst, Mutter, ruf mich, wenn du mich brauchst." Sagte er und küsste seinen verbliebenen Elternteil auf den Kopf. „Ich hab dich lieb, Mama." Fügte er hinzu und machte sich auf den Weg zu seinen

Gemächern. „Ich dich auch, mein lieber Junge, ich dich auch." Hauchte sie ihm nach.

Wie es sich Jakob Schönfelder dachte, wurde es für ihn eine sehr kurze Nacht. Er wälzte sich von einer Seite auf die andere und jedes Mal wenn er die Augen schloss, sah er die langen eingefallenen Gesichter der Mondmenschen vor sich, die ihn bedrohlich anstarrten. Im Wohnzimmer roch es streng nach Essig als er sich seinen Mantel holte und überzog. Seine Mutter saß zusammengesunken in einem Stuhl neben dem kranken Fräulein. Sie schlief und da er sie nicht wecken wollte schlich er sich aus dem Haus, um mit seiner Arbeit anzufangen. Es musste die ganze Nacht lang durchgeschneit-, und erst vor wenigen Augenblicken aufgehört haben, denn der Schnee ging dem Jungbauern bis zu den Knien. Er kämpfte sich über den Hof und bevor er den Kuhstall betrat um die Tiere zu füttern und zu melken schaute er über das Maisfeld. Hinüber zu Nachbar Grünzweigs Acker. Das Ding stand immer noch da. Nur eben vollkommen mit Schnee bedeckt. Es war also kein böser Traum akzeptierte der Junge wehmütig. Bald darauf waren die Rinder mit frischem Stroh und Getreide versorgt und ausgemistet. Dann schnappte sich Jakob seinen Schemel und wendete sich den Eutern der Wiederkäuer zu. Mit seinen routinierten Fingern füllte er in kurzer Zeit drei Milchkannen und zwei kleine Flaschen für den Eigenbedarf. Die Flaschen brachte er sogleich ins Haus wo ihn seine Mutter schon mit dem Frühstück empfing, welches aus Brot, Eier und Speck bestand. Während er sich seine Mahlzeit einverleibte erkundigte er sich wie es dem Mädchen ging. Margot erklärte ihm dass es schien, dass die Temperatur etwas gefallen-, sie aber noch nicht zu sich gekommen war. Nachdem Schönfelder Junior sich gestärkt hatte machte er sich auf um die frische Milch ins Dorf zu liefern. Der Morgen war inzwischen angebrochen und die Sonne erhob sich langsam und blitzte hinter den Bäumen des Waldes hervor. Er befestigte zwei der schweren Milchkannen an seinem Rückengeschirr, schulterte dieses und nahm die Dritte in seine Hände. Aufgrund des Schnees war der Weg ins Dorf heute Morgen besonders mühsam, aber er biss die Zähne zusammen und stapfte Schritt für Schritt weiter seinem Ziel entgegen. Er lenkte sich ab, indem er sich an der Schönheit der Natur ergötzte. Die angeschneite Landschaft funkelte im morgendlichen Sonnenlicht magisch und betörend. Wie eine Welt aus Kristall. Egal wie hart die letzte Nacht war, der klare blaue Himmel und die erstarkende Sonne machte klar, dass die Tage des Winters gezählt waren. Dann würde er wieder die Milchkannen gemütlich in seinem Leiterwagen in die Stadt transportieren können.

Nach einer Weile erreichte der junge Mann den Hauptplatz des Dorfs, welcher auch als Marktplatz fungierte. Der Schnee war dort geräumt und viele Tandler hatten ihre Stände schon besetzt und boten ihre Waren feil. Jakob betrat den kleinen Krämerladen von seinem Freund Helmut Reintaler, den er seit frühesten Kindertagen kannte. Helmut selbst war noch nicht im Laden anzutreffen, nur seine Frau, die mit ihm den Laden führte, stand bereits an der Theke. „Guten Morgen, flotte Lotte, wie ist das werte Befinden?" „Ja wer kommt denn da hereingeschneit? Grüß dich Gott! Sag, Jakob, ist es wahr was sich die Leute erzählen?" begrüßte ihm die junge Frau, die immer ein herzliches Lächeln im Gesicht hatte und gerne mit ihrem langen, lockigen brünetten Haar herumspielte. Eine Angewohnheit, die sie einfach nicht lassen konnte. „Du meinst vermutlich was unsere… Besucher anbelangt, oder?" hinterfragte er und beobachtete dass ihr Lächeln für einen Augenblick verschwand. „Dann ist es also wahr…" ihre fröhliche Miene kehrte aber alsbald zurück „Ich dachte es wäre ein Scherz. So was kann doch einfach nicht möglich sein. Wesen die vom Himmel zu uns hernieder kommen. Dann sind es vielleicht Engel! Jakob, hast du sie gesehen? Glaubst du, dass es Engel sind?" „Oh Lotte, ich glaube kaum, dass…" Helmut kam, vom Lager in den Verkaufsraum „Ja, was ist denn das für ein Radau hier? Servus Schönfelder, Bauernbuckel, machst du meiner Göttergattin schon wieder schöne Augen? Geh weiter! Such dir dein eigenes Dirndl, sonst komm ich dir!" lachte er und umarmte Jakob brüderlich. Jakob schloss sich dem Spiele an: „Vermaledeit noch einmal, meine Absichten sind aufgeflogen, welch Jammer, welch Schmach, so nimm mir wenigstens die Last vom Rücken mein guter Freund." Und in der Tat befreite Helmut ihn zuerst von der einen dann von der anderen Milchkanne. Die Dritte stellte Jakob selbst auf die Theke. „Helmut, hast du gehört? Jakob hat sie gesehen!" stieß Lieselotte ihren Mann an und rieb dabei eine Haarsträhne zwischen ihren Fingern. „Ach, komm, das gibt es doch nicht, mir dünkt ihr Bauern habt euch zusammen getan und hält uns Dörfler alle zum Besten!" unterstellte der Kaufmann prustend. „Helmut, wenn die ganze Geschichte ein Schabernack wäre, glaubst du wirklich ich würde mich an so einer Kinderei beteiligen?" fragte Jakob seinen Freund. Der Krämer musterte den Bauern ernst, blickte dann hinüber zu seiner Frau, welche gerade an einer ihrer Locken kaute, wandte sich dann wieder ersteren zu und platzte heraus „Nun... Ja!" Und fing an zu lachen. Er klopfte seinen Kumpanen aus Kindertagen auf die Schulter, doch er blieb mit seinem Gelächter allein. Jakob und Lotte tauschten besorgte Blicke aus, bis schließlich Helmuts Gelächter restlos versiegte. Dann schwiegen sie alle drei. „Und Geller hat ihnen tatsächlich erlaubt hier zu gastieren?" fragte Helmut schließlich. „Ja..." antwortete Schönfelder knapp. „Ja, aber was zum Teufel wollen sie hier?" fragte der Krämer mit lauter Stimme. Lieselotte stieß ihn sanft mit ihrem Ellbogen in die Seite: „Bitte Helmut, lass doch das Fluchen!" mahnte sie ihn wohlmeinend lächelnd. „Ich... Ich weiß es nicht." Fing Jakob an zu erklären, „Sie sagten so was wie..." in diesem Moment hörten sie von draußen eine laute Glocke läuten. Es war die Glocke des Ausrufers Günther Schweiger, welcher des Öfteren auf dem Hauptplatz Verordnungen, Ankündigungen, Meldungen oder einfach nur Neuigkeiten aus dem Schweigensender-Tageblatt vortrug. „Höret! Höret die Neuigkeiten des Tages!" brüllte Schweiger in die Menge, die sich langsam um ihn herum sammelte. „Einwohner von Schweigensend, wie ihr mit großer Wahrscheinlichkeit bereits gehört habt, kam es letzte Nacht zu einem wundersamen Ereignis. Ein Ereignis, was es noch nie und noch nirgends gab. Geschöpfe aus einer anderen Welt landeten nur ein wenig außerhalb unseres Dorfes. Es besteht kein Grund sich in Furcht zu wähnen. Diese sogenannten Worahbes sind friedvolle Wesen. Sie mussten von ihrem Heimatplaneten fliehen um grausamer Gewalt zu entgehen, die sich gegen sie richtete. Noch nie zuvor wurde den Menschen die Ehre zu Teil einer überlegenen Spezies in Not, hilfreich den rettenden Arm anbieten zu dürfen. Das Geschick der

Worahbes ist vor allem unser Glück. Was wir von diesem weiterentwickelten und hochintelligenten Volk lernen können wird sich als wahre Bereicherung erweisen, von der wir allesamt profitieren werden. Ja, sie sehen anders aus als wir, haben andere Sitten und Bräuche, sprechen eine andere Sprache und doch sind sie uns in vielen ähnlich. Sie haben zwei Beine, zwei Arme, einen Leib und einen Kopf. Sowie auch Herz und Verstand. Viele von ihnen sprechen sogar bereits schon unsere Sprache. Daran können sie erkennen wie sehr die Worahbes willens sind auf uns zu zugehen. Es sind Lebewesen wie wir. Lebewesen die dringend Hilfe brauchen. Hilfe, die wir ihnen nicht verwehren dürfen. Unser geschätzter Bürgermeister, Alois Geller, möchte sie aus tiefsten Herzen bitten, den Worahbes freundlich zu begegnen. Des Weiteren sind sie angehalten vorerst niemanden über unseren Besuch zu berichten. Erst wenn die Zeit reif ist, sollen auch andere an dem Wunder teilhaben, mit dem wir gesegnet wurden. Die Zukunft der gesamten Welt baut auf uns." Danach verlas er nur noch andere, verhältnismäßig unbedeutende, Neuigkeiten aus dem Schweigensender-Tageblatt.

In Bälde befand sich der Junge Bauer wieder auf dem Heimweg. Versunken in Gedanken ließ er sich die Worte des Ausrufers erneut durch den Kopf gehen. Er kam zu dem Schluss, dass es stimmte. Die Worahbes waren zweifelsohne Geschöpfe, die den Menschen weit überlegen waren. Sie wirkten zwar durch ihre dürre Statur schwach und gebrechlich, hatten an jeder Hand zwei Finger weniger als Menschen, mussten aber über ein beeindruckendes Wissen verfügen. Jakob war davon überzeugt, dass kein Mensch sich jemals in die Lüfte erheben können- und andere Welten bereisen würde. Die Wesen könnten uns das lehren, dachte er, und fühlte sich von diesem Gedanken beflügelt.

Als er zu Hause ankam, sah er Brunhilde. Seine kleine Schwester befand sich im Hof und war soeben dabei einem Schneemann den letzten Schliff zu geben. Es war ein beachtlich groß gewachsener Bursche. Um einen Kopf größer als das Mädchen. Ihre Schöpfung schaute ihr, mit seinen leblosen Augen aus Kohlenstücken, zu wie sie vor ihm auf Zehenspitzen stand und ihm eine Mohrrübe mitten ins Gesicht drückte. Jakob schmunzelte und sprach: „Guten Tag die Damen, welche von euch ist denn meine Schwester Brunhilde, das Knödelchen? Ich kann euch kaum auseinander halten!" „Gemeinheit!" schrie das Kind und warf einen Schneeball auf ihren großen Bruder. Sie traf ihn auf der Brust, woraufhin er laut aufstöhnte und sich mit schmerzverzerrtem Gesicht auf die getroffene Stelle griff. Er fiel immer noch grölend auf die Knie und kippte anschließend zur Seite und blieb dort stumm und regungslos liegen. „Jetzt bist du dran!" rief Brunhilde und stürzte sich auf ihn. Ihr simulierender Bruder fing sie ab und sie wälzten sich durch den Schnee. Brunhilde rieb ihn frech Schnee in sein hellbraunes Haar und lachte vergnügt. Jakob kämpfte sich auf die Knie und sah, wie ihre blaugrauen Augen strahlten. Es machte ihn unbeschreiblich glücklich sie fröhlich zu sehen, dass er nicht an sich halten konnte und sie herzhaft umarmte was sie heiter erwiderte und ihr Gesicht auf seine Schulter legte. Als er sie aus der Umarmung entließ, musste er aber feststellen dass der Großteil ihrer Ausgelassenheit Melancholie gewichen war. „Alles in Ordnung, Knödelchen? Hab ich dir wehgetan?" fragte der Jungbauer besorgt. Das Mädchen schüttelte heftig den Kopf und bemühte sich wieder zu strahlen. „Nein, nein, alles bestens, du Esel!" sagte sie „ es ist nur…" sie blickte zu Boden „…der Mantel… er riecht so nach ihm…" Jakob verstand und streichelte ihr liebevoll über den Kopf. Dann stand er auf, putzte sich den Schnee ab und klopfte Brunhilde sanft auf die Schulter. „Willst du sehen was ich in einer Tasche des Mantels gefunden habe?" Sie nickte zumal sie wusste, dass sie im Moment kein Wort herausbringen würde. Ihr Bruder griff tief in eine der vielen Taschen und zog eine alte hölzerne Pfeife heraus und zeigte sie ihr. „Erinnerst du dich?" Das Mädchen lächelte wieder. „Ja!" antwortete sie und er gab ihr die Pfeife in die Hand. „Mama hat das Ding gehasst! Papa musste immer vor die Tür gehen, wenn er sie anmachte. Er stand dann immer…" Sie drehte sich um und deutete auf den Schneemann „…genau da!" „Das tat er!" bestätigte Jakob. Das Mädchen kicherte und lief zum Schneemann und steckte die Pfeife unterhalb der Mohrrübe in die Schneekugel. Dann trat sie ein paar Schritte zurück und betrachtete ihr Werk. Ihr Bruder gesellte sich an ihre Seite. So standen sie beide eine Weile, schweigend und in Erinnerungen schwelgend.

Bis sich schließlich Jakob wieder besann und sagte. „Da fällt mir ein, ich hab dir ja was vom Markt mitgebracht!" „Wirklich?" fragte die Kleine an ihm hochschauend. Er zog ein kleines Säckchen aus der Seitentasche und Brunhilde erkannte es sofort. „Marzipan Kügelchen, oh, Dankeschön!" jubelte sie. Lächelnd zerzauste ihr Jakob die Haare und mahnte: „Aber sag Mama nichts davon!" „Werde ich nicht!" beschwichtigte sie mit vollem Mund, weil sie sich schon ein Kügelchen reingestopft hatte. Genießend und kichernd lief sie über den Hof und weiter Richtung Weide. Jakob fühlte sich gut. Er betrachtete noch einmal den Pfeife rauchenden Schneemann und ging schließlich ins Haus.

Der Tag verflog rasch. Das junge blonde Fräulein war wieder etwas angefiebert. Sie murmelte unverständliche Worte und zuckte mit den Armen. Sie trank jedoch artig, was ihr Margot geduldig einflößte. Die Sonne versank hinter den Bergen und der Junge erleichterte die Euter seiner Rinder ein zweites Mal. Die abendliche Lieferung erhielt wie immer der Bauer Höllerer, der die Rohmilch zu anderen Produkten weiter verarbeitete. Besser gesagt seine Frau und drei Töchter taten dieses. Er selbst drängte Jakob dazu ihn in die Spelunke des Dorfs zu begleiten. Schönfelder willigte, nachdem er sich ein wenig zierte, ein und so spazierten sie schließlich ins "Kriegers Bierstüberl". Der Besitzer und Schankwirt Johann Krieger hieß die beiden Bauern herzlich willkommen und forderte sie auf doch an dem Tresen Platz zu nehmen. Das Lokal war gut besucht jedoch die Stimmung war bei Weitem nicht so ausgelassen, wie man es in diesen Räumlichkeiten gewohnt war. An jeder Ecke standen Schweigensender in kleineren Gruppen beisammen und tuschelten. Man musste schon ein Tor sein, um nicht erraten zu können, über was sie sprachen. Neben Schönfelder und Höllerer stand an der Theke Markus Burgstaller und Siegfried Bichler, der Schuster des Dorfes. „Was hat sich dieser senile Bock nur dabei gedacht?" klagte Burgstaller zornig an und fuhr fort „Ich habe seine Kandidatur nie für unterstützenswert gehalten, aber das hier ist jetzt einfach ein verantwortungsloser Missbrauch seines Amtes!" Der Müller hob seinen Krug an den Mund und goss sich einen riesigen Schwall Bier in die Kehle. „Die Meisten im Dorf halten es für eine Erdreistung sondergleichen, dass man die Bürger nicht einmal gefragt hat, ob sie damit einverstanden sind. Geller hat uns diese Suppe eingebrockt und wir werden sie auslöffeln müssen." Burgstaller knallte wütend den Bierkrug auf den Tresen. „Wer kann schon wissen was für Seuchen und Krankheiten diese Dinger einschleppen? Aber Nein, daran hat der Mann mit dem großen Herzen keinen Augenblick lang gedacht!" polterte er. „Einige von ihnen haben sich nachmittags das Dorf angesehen. Stell dir vor sie tragen keine Gewänder!" erzählte der Schuster. „Sie waren nackt?" brachte sich eine Frau ein die an der Wand lehnte. Es war Hermine Jäger, die man des Öfteren in Kriegers Bierstüberl antreffen konnte. Sie kicherte und gesellte sich zu der Männerrunde an der Bar. Keck stützte sie sich mit ihren Armen an der Theke ab, sodass ihr üppiger Busen beinahe aus ihrem geblümten Kleid mit dem weiten Ausschnitt quellte. „Und waren sie Frauen oder Männer?" fragte sie mit einem verruchten Unterton. „Weder das eine noch das andere." Antwortete der Schuhmacher und berichtete weiter: „Glaub mir, ich nahm gerade Maß bei einem Kunden, als sie vorbei wankten. Zwischen ihren Beinen haben sie nichts. Rein gar nichts!" „Aaaaaach, was für ein Jammer!" seufzte Hermine und fuhr sich mit der Hand durch ihr schwarzes Haar. „Wie... Wie vermehren sie sich dann?" mischte sich nun Jakob ins Gespräch ein. „Junge, da fragst du den Falschen!" sagte Bichler und Burgstaller fügte hinzu: „Das ist nur eine von vielen Fragen, deren Antworten uns vorenthalten wurden. So viele Fragen hätte man vorab klären müssen bevor wir sie mit offenen Armen in Empfang nehmen hätten können, wie zum Beispiel: Woher kommen sie? Wie lange sind sie gereist? Was genau war der Grund ihrer Flucht? Wie lange haben sie uns schon beobachtet? Und warum haben wir das nicht gemerkt? Wie viele sind es eigentlich? Geh, Johann sei so gut und schenk mir noch mal nach." Ohne sich ein weiteres Mal einzumischen, hörte Jakob den Gesprächen zu. Es war nicht so, dass er die Sorgen, Ängste und Bedenken seiner Mitbürger nicht verstand, oder zum Teil sogar nachempfinden konnte. Er wollte es aber jetzt nicht hören, es zog ihn runter. Und er hatte schließlich schon Sorgen genug, ohne noch zusätzliche in sein Leben zu lassen, so genoss er sein Bier und zog alsbald wieder heimwärts. Bauer Höllerer blieb jedoch noch auf ein paar Krüge mehr. Daheim speiste Jakob ein bescheidenes Abendbrot und bestand darauf, dass sich seine Mutter schlafen legte. Er würde diese Nacht nach dem kranken Mädchen sehen. Und das tat er auch. Er war zwar bei Weitem nicht so geschickt wie Margot, wenn es darum ging, der Blondine Tee einzuflößen und verschüttete einiges von dem Getränk auf ihren Wangen und dem Polster, aber er gab sich redlich Mühe. Irgendwann musste er eingenickt sein und erwachte mitten in der Nacht. Das Feuer im Kamin war heruntergebrannt. Der Junge legte einen Holzscheit nach und beobachtete zufrieden die wieder erstarkenden Flammenzungen. Er ging zurück zu seiner Patientin und betrachtete sie. Sie war wirklich atemberaubend schön. Kurz plagten den jungen Mann unkeusche Gedanken, versuchten ihn, doch er Widerstand ihnen, schüttelte sie ab. Mit dem Handrücken befühlte er die Stirn des Fräuleins, welche sich doch noch recht erhitzt anfühle, nicht so schlimm wie in der letzten Nacht aber dennoch besorgniserregend. Gerade als er die Hand wieder wegnehmen wollte öffneten sich ihre Augen blitzartig. Zwei enzianblaue Iriden starrten ihn an, ihr Blick bohrte sich regelrecht in seinen Schädel. Das Mädchen packte seinen Arm, krallte sich mit ihren Fingern daran fest. „Blut!" rief sie! „Blut! Die Worahbes!..." dann lockerte sich ihr Griff, ihre Augen schlossen sich langsam wieder und sie sackte zurück in den Polster. „...das Monstrosah...der Worahbes..." murmelte sie noch, bevor sie wieder in den Schlaf glitt. Jakobs Herz pochte noch vor dem Schrecken. Dann ließ er sich auf den Stuhl plumpsen und verlor sich in Gedanken. Die Worahbes... Das Mädchen kennt ihren Namen, aber woher? Fragte er sich und rieb seinen rechten Unterarm, welcher von den Fingernägeln des Mädchens verletzt war. Vielleicht hatte Mutter mit Brunhilde in ihrer Hörweite über sie gesprochen und ihr Unterbewusstsein hat das Wort aufgenommen und in einem Fiebertraum eingebaut, spekulierte er. Der Holzscheit im Kamin knackste beruhigend und das Wohnzimmer füllte sich mit angenehmer Wärme und schon bald folgte auch Schönfelder Junior dem hübschen Mädchen mit den schönsten Augen, die er jemals gesehen hatte ins Reich der Träume.

Es war der kälteste Tag seit Langem. Der leicht angetaute Schnee des Vortages war zu einer glatten Eisschicht gefroren, welche zahlreiche Bürger an diesem Vormittag zu Fall brachte. „Höret die Neuigkeiten des Tages! Höret die Neuigkeiten des Tages!" schrie der Ausrufer und läutete seine Glocke. Aufgrund der Kälte bildeten sich dicke Nebelschwaden, als er sprach vor seinem Mund und vereinzelte Schneeflocken sammelten sich in seinem Haar. „Unser geschätzter Bürgermeister möchte alle Schweigensender nachmittags zu einer kurzen Versammlung ins Rathaus einladen. Es soll unsere Zukunft mit den Worahbes besprochen werden." „Na endlich! Den Alten werde ich was erzählen." Murrte Burgstaller, der sich den schmerzenden Hintern rieb, denn auch er glitt zuvor auf dem garstigen Eis aus. Der Ausrufer Schweiger setzte seine Tätigkeit fort: „Eine kleine Verordnung des Bürgermeisters wird jedoch bereits jetzt erlassen und in Kraft gesetzt. Die Gewürzpflanze Knoblauch sei von nun an nicht mehr auf offener Straße zugelassen und dürfen auch nicht mehr an den Marktständen feilgeboten werden. Der Grund ist dass sie unseren Gästen, den Worahbes unangenehm sind. Wir wollen nicht riskieren dass es zu allergischen Reaktionen oder schlimmeren kommt, zumal solches schlecht für die Beziehung unserer beider Völker wäre. An einem konkreten Konzept, ob oder wie künftig der Handel mit Knoblauch stattfindet, wird zurzeit noch gefeilt. Wir bitten sie, sich in Geduld zu üben." „Kann ich gut verstehen, dass die Mondmänner Probleme mit dem Zeug haben, auch ich vertrage den elenden Lauch nicht und bekomme immer Krämpfe und Blähungen darauf." unterstützte Knecht Danzer den Beschluss. Der Ausrufer fuhr fort: „ Des Weiteren gebührt unser herzlicher Dank all den braven Schneiderinnen welche Kleidung für die Worahbes angefertigt haben und allen Spendern für die Decken und Mäntel." Viele der Frauen kicherten vergnügt und zufrieden, sie hatten mit Fleiß und Liebe die ganze Nacht durchgearbeitet und konnten es kaum erwarten den fremden Wesen ihre Geschenke zu überreichen.

Das Rathaus hatte sich zur Hälfte gefüllt. Der tratschende Pöbel hatte auf den Holzbänken Platz genommen hatte. Schließlich stieg der Bürgermeister auf die Bühne und die meisten Gespräche der Bürger wurden bis zu einem späteren Zeitpunkt vertagt. Die Glocke von Günther Schweiger ließ dann noch die restlichen Tuschler verstummen. Zufrieden lächelte Alois Geller auf sein Volk herab. Und nachdem er sich kurz in deren Aufmerksamkeit gesonnt hatte wischte er sich über das Gesicht und begann mit seiner Ansprache: Sehr geschätzte Bürger Schweigensend. Vielen Dank, dass sie sich alle hier eingefunden haben. Es ist eine wahrlich besondere Zeit, die wir hier erleben dürfen. Wir wurden Zeugen von dem Anfang von etwas großem und wunderbaren. Einem Wink des Schicksals, was die Menschheit für immer verändern wird. Es ist normal sich vor Veränderungen zu ängstigen. Doch die Bürger Schweigensend haben sich vorbildlich Verhalten und sich nicht kindischer Furcht hingegeben. Ich denke diese Zeit der anfänglichen Unsicherheit ist nun auch vorüber. Ein Grund, wie ich finde um mit unseren Gästen näher zusammen zu rücken. Nicht jedoch der einzige Grund. Wie sie sicher wissen, leben die Worahbes nach wie vor in ihrer Himmelskutsche. Ich selbst wurde dort herzlich als Gast empfangen und ich muss ihnen sagen, es ist ein trister Ort. Dunkel, Nass und Kalt. Es kann nicht angehen, dass wir diese hoch intelligenten, überragend entwickelten Wesen auf eine solche Weise hausen lassen. So was wäre eine Schande, ich bin sicher, dass sie mir da zustimmen werden. Aus diesem Grunde habe ich mit Pfarrer Feichtinger beschlossen die Dorfkirche den Worahbes zur Verfügung zu stellen. Auf den Gottesdienst wird diese Maßnahme selbstverständlich keinen Einfluss haben. Selbstverständlich wird..." „Ich habe da eine Frage!" unterbrach der Mühlenbesitzer Markus Burgstaller mit fester Stimme, ohne dabei zu schreien. Er erhob sich von seinem Platz und konnte sehen wie es Geller anstrengender wurde das süffisante Grinsen aufrecht zu erhalten. Er blieb freundlich und lud ihm ein: „Aber bitte Herr Burgstaller, stellen sie ihre Frage." Es viel auch dem Müller schwer seine Abneigung gegenüber dem Bürgermeister verborgen zu halten und so sprach er: „Genaugenommen gibt es Dutzende von Fragen, die angebracht wären zu stellen. Wie zum Beispiel ob sie je einen Gedanken daran verschwendet haben ob ihre überlegenen Wesen eventuell fatale Krankheiten und Seuchen von denen wir im Moment noch nichts Ahnen über die Bewohner Schweigensend bringen? Woher sie eigentlich kommen? Vor wem sie überhaupt flüchten mussten? Ob dieser jemand sie vielleicht bis hierher verfolgt und Gefahr über uns bringt. Aber zumal sie gerade wieder eindrucksvoll gezeigt haben wie gerne sie über die Köpfe ihrer Bürger hinweg bestimmen was geschieht, ist die wichtigere Frage die folgende. Finden sie nicht, dass die Menschen in Schweigensend ein Recht darauf gehabt hätten zumindest gefragt zu werden, ob sie sich dieser Wesen annehmen wollen?" Geller antwortete siegessicher lächelnd: „Herr Burgstaller, was von ihnen ausgeht, ist nicht die Sorge um die Bürger Schweigensend. Nein, alles was sie mit ihrer bemühten Rede erreichen wollen ist in Wahrheit nichts anderes als Furcht und Misstrauen in den guten Herzen der Menschen hier in diesem Raum zu säen. Ich kenne Sie, Herr Burgstaller, aber was viel wichtiger ist ich kenne meine Bürger. Sie würden nie jemanden Hilfe verweigern, der sie so dringend braucht wie die Worahbes. Auch wenn sie sich noch so anstrengen werden sie es nicht schaffen die warmen, recht schaffenden Herzen der Schweigensender zu vergiften." Burgstaller bekam vor Wut einen knallroten Kopf, am liebsten hätte er noch was gesagt, aber seine aufgebrachten Emotionen verhinderten den Einfall eines verbalen Gegenschlags. Zornig und mit den Zähnen knirschend setzte er sich wieder. Er musste sich damit abfinden, er war Müller, kein Politiker, rhetorische Ausbildung hatte er nicht genossen und Schlagfertigkeit war auch nie seine Stärke. „Nun gut, damit wäre auch das besprochen." Triumphierte Geller und schaute zufrieden ins Publikum, welches jedoch nur mit vereinzelten Hustern reagierte. Schließlich fuhr er fort: „Zum Abschluss möchte ich mich persönlich bei der Schneiderei Zauner für deren Nähwerk und der Bäckerei Seehofer für deren großzügige Verköstigungen bedanken, sowie auch allen freiwilligen Helfern und Spendern. Eure, von Liebe erfüllten Herzen, sind der fruchtbare Boden auf dem die Freundschaft von Worahbes und Menschen gedeihen und wachsen wird. Und diese für uns alle am Ende die süßesten Früchte hervorbringen wird."

Und so kam es, dass die Worahbes noch am selben Tag aus ihrer Himmelkutsche auszogen und in die Kirche einquartiert wurden. Bänke wurden zur Seite gerückt, Bettenlager wurden errichtet, Feuerstellen wurden entzündet, Suppen wurden gekocht. Die Klack- und Zischlaute von sich gebenden Wesen wurden eingekleidet. Die Magd Barbara Hochreiter war eine jener braver freiwilligen Helfer. Bis zum Abend blieb und half sie in der Kirche, bis Pfarrer Feichtinger ihr die Hand auf die Schulter legte und ihr mitteilte, dass sie jetzt besser nach Hause gehen sollte. Sie kämen jetzt schon ohne sie zurecht. Barbara wiedersetzte sich im ersten Moment noch ein wenig, erkannte aber dann selbst, dass es für sie hier nichts mehr zu tun gab. Sie legte die weiße Schürze und Haube ab und zog sich anschließend die Haarklammer aus dem Haarknoten, zu dem sie ihren Zopf hochgesteckt hatte. Der rotblonde Zopf fiel herab und klopfte ihr an die Schulterblätter. Bevor sie die Schürze zusammenlegte und in einem Schrank verstaute, wischte sie sich damit das leicht verschwitzte Gesicht ab, welches von Sommersprossen geziert war. Sie zupfte sich ihr himmelblaues Kleid mit den weißen Blümchen darauf zurecht, verabschiedete sich von allen und schlenderte aus der Kirche. Nach wenigen Schritten erinnerte sie ihr rechter Fuß, welcher zur Seite rutschte und sie beinahe zu Fall brachte, daran, dass es glatt war. Mit erhöter Vorsicht setzte sie ihren Heimweg fort. Als sie den Marktplatz hinter sich gelassen hatte machte sie im Mondlicht auf der Straße vor ihr eine Gestalt aus. Hager und groß. Einer der Worahbes? Fragte sie sich selbst. Sie kam näher und erkannte, dass sie recht hatte, es war ein Exemplar dieser Wesen. Vermutlich ein Nachzügler, vermutete sie. „Guten Abend!" redete sie den Fremden an „Hast du dich verlaufen?" Das Wesen klackte und schmatzte. „Wenn du zu den anderen willst, bringe ich dich zu ihnen in die Kirche… Kannst du mich verstehen" fragte sie, als sie sah, dass ihre Worte keine Reaktionen auslösten. In diesem Moment packte sie ein zweiter Worahbes, den sie gar nicht gesehen hatte von hinten an den Armen. Seine Klauen drückten sich in Haut und Fleisch. Gerade als sie vor Schmerz schreien wollte, war ein dritter Worahbes an ihrer Seite, beugte sich herab, sodass sein langes Gesicht ganz nah an dem ihren war. Das Nächste was sie fühlte waren sechs spitze Zähne, die sich in ihren Hals bohrten. Der gellende Schmerz fuhr ihr in den Kopf, wie ein Blitz und sie schrie. Doch niemand konnte sie hören, denn ihre

Stimmbänder waren von dem Biss des Worahbes gelähmt. Sie fühlte, wie das Blut aus ihrem Hals floss, direkt in das Maul des Wesens, welches dieses gierig schmatzend trank. Die junge Frau konnte dank seiner langen Schnauze ihm dabei direkt in die Augen sehen. Genau in seine tief liegenden, kalten, schwarzen Augen. Was sie darin erkennen konnte, erschütterte sie. Es war nicht nur die Spiegelung ihres eigenen angstverzerrten Antlitzes, sie erblickte ihr Ende, ihre Vernichtung. Die Kreatur, die ihre Arme festhielt, tat es dem ersten Sauger gleich und Biss der Magd in den Nacken. Der Dritte, welcher die Tat zufrieden zischend und klackend beobachtet hatte, gesellte sich vorsichtig watschelnd zu seinen Genossen. Das wehrlose Opfer erkannte die geflochtenen Gold- und Silberfäden, die sich um und durch den Körper der Kreatur zogen. Es bestand kein Zweifel, es war der Älteste der Worahbes, der auf den Namen Worahmo hörte. Er riss Barbara das himmelblaue, leicht angeblutete mit den weißen Blümchen verzierten Kleid auf und entblößte somit ihren Oberkörper, auf dem sich Gänsehaut bildete. Er packte ihren linken Busen, knetete diesen emotionslos, kniff ihn ihren Nippel, drehte- und zog gewaltsam daran, bis dieser schließlich abriss. Die lautlos schreiende junge Frau verlor vor Schmerz fast den Verstand, doch leider nicht das Bewusstsein. Tränen liefen ihr aus den verzweifelten, angsterfüllten Augen. Dann setzte Worahmo sein Maul an die blutende, verstümmelte Brust und labte sich wie die anderen Beiden an der jungen Magd. Ihr Körper wurde nie gefunden.

Als Jakob nach der Versammlung heimging, war er nicht besonders guter Laune. Schon den ganzen Tag lang wollte sich seine Stimmung nicht sonderlich heben. Selbst mit Helmut und Lieselotte tratschte er an diesem Morgen nur sehr wenig. Alsbald empfiehl er sich und kehrte in Jägers Bierstüberl ein. Der Gerstensaft lockerte sein Gemüt etwas auf. Eigentlich hatte er keine Lust auf die Versammlung zu gehen und musste sich regelrecht ermannen, um dieser doch beizuwohnen. Der Junge empfand große Erleichterung, als sie endlich vorüber war, und beeilte sich nach Hause. Er fror, war von der vergangenen Nacht übermüdet und sein Nacken war verspannt und schmerzte sehr. Außerdem nervten ihn die eisigen

Straßen, aber immerhin hatte er nun im Gegensatz zum Hinweg keine schweren Milchkannen auf dem Rücken. Dennoch, er wollte einfach nur noch Heim. Vielleicht würde er sich bis zur nächsten Fütterung ein wenig ausruhen können. Aber daraus wurde nichts. Seine Mutter empfing ihn freudestrahlend und mit den Worten „Sie ist erwacht!"

Für wahr, da saß sie, aufrecht und munter auf ihrem Siechenbette. Ihre enzianblauen Augen glitzerten den jungen Bauern an der eilig ins Wohnzimmer stapfte. Margot zog am Ärmel von seinem geerbten Mantel und sprach: „Darf ich vorstellen, das ist mein Sohn, Jakob." Dann zu dem Jungen gewandt „Und diese junge Maid ist Fräulein Hofstadler." „Annaliese! Sehr erfreut! Ich bedaure es sehr ihnen zur Last gefallen zu sein." Fügte das hübsche Mädchen hinzu, welches aus Verlegenheit leicht errötete. „Das war doch selbstverständlich, Fräulein Annaliese. Es ist eine wahre Wohltat sie in besserer Verfassung zu sehen. Wie fühlen sie sich denn?" fragte Schönfelder Junior leicht nervös. Margot lächelte: „Ich bin derweilen in der Küche und koche eine Brühe während ihr euch unterhaltet." „Noch ein wenig schwach..."

gestand sie und setzte fort „... doch das ist jetzt nicht wichtig, uns läuft die Zeit davon... Sie sind doch bei euch gelandet, oder?" Dem Jungen schwante nichts Gutes als er: „Meinen sie die... Worahbes?" antwortete. „Eben diese!" bestätigte die Maid.   „Wir müssen los! Wir müssen die Leute warnen!" erklärte sie nachdrücklich und versuchte von ihrer Krankenstätte aufzustehen. Jakob wollte sie gerade wieder runter drücken, als sie von selbst zurück auf den Hintern plumpste und sich an den Kopf griff. „Nur mit der Ruhe junge Dame, so gesund seit ihr nun auch wieder nicht. Zumindest noch nicht. Fürs Erste erzählt mir einmal alles. Woher kommt ihr? Und woher kennt ihr die Worahbes?" Die Magd seufzte: „Ihr habt recht. Alles dreht sich mir vor Augen. Nun gut, dann lasst mich erzählen. Kennt ihr das kleine Dörfchen Einfaltshausen im Tal südlich von hier?" „Ja! Als mein Vater noch lebte, verkauften wir einst Saatgut an einem eurer Bauern." Antwortete Jakob und die Maid fuhr mit ihrer Erzählung fort. „Und aus diesem Kuhdorf führte mich mein Weg. Wir sind... Wir waren keine große Gemeinde, gerade mal fünfzig Leute hatten sich dort niedergelassen. Letztes Jahr, als der Herbst kam, fielen nicht nur die Blätter von den Bäumen, es fiel auch die Brezita der Worahbes vom Himmel." „Die Brezita?" unterbrach der Jungbauer „Ihr meint wohl die Himmelskutsche, richtig?" „Himmelskutsche? So nennt ihr das Ding also? Ja, ich sprach von der Träne aus Stein, welche die Geschöpfe zu uns transportierte. Es schlug mit einem gewaltigen Rums auf die Erde auf, sodass sie bebte. Direkt auf die Scheune von Bauer Gram krachte das Ding. Dabei kamen einige Tiere um die sich unglücklicherweise in diesem Moment in der Scheune aufhielten. Schafe, Ziegen und ein Hengst, der noch vor Grams Wagen gespannt war. Die Leute hatten große Angst und wagten sich nicht an das Ding heran, welches sich dann auffächerte. Einige beschlossen, dass man es verbrennen sollte. Sie versuchten es auch, aber es gelang ihnen nicht. Die Brezita widerstand dem Feuer, ohne auch nur den geringsten Schaden zu nehmen. Stunden vergingen, ohne dass etwas passierte. Langsam fühlten wir Einfaltshausner uns auch wieder sicherer und berieten, was wir mit dem Ding tun sollten. Am Ende hatten wir die Wahl zwischen zwei Möglichkeiten. Entweder wir würden versuchen das Gestein mit Hacken und Hämmer Stückchen für Stückchen, Klumpen für

Klumpen ab zu bauen. Oder das Ding so wie es war stehen zu lassen. Es als Zeichen oder Geschenk Gottes sehen, für das Einfaltshausen berühmt werden würde. Wir konnten uns mit der Wahl Zeit lassen, schließlich fiel bereits die Nacht über uns herein. Uns entscheiden zu müssen blieb uns letzten Endes erspart, denn in dieser Nacht krochen sie heraus aus der Brezita. Nur Bauer Gram beobachtete sie, welcher nicht anders konnte als vom Fenster aus die ganze Nacht das Ding zu beobachten. Die Worahbes sahen sehr schlecht aus, als sie zum ersten Mal Fuß auf die Erde setzten. Ich erfuhr erst viel später dass sie hunderte Jahre gereist waren. Und diese Zeit in einer Art versteinerten Zustand verbracht hatten. Sie verschmolzen praktisch mit der Brezita." „Entschuldigung, wenn ich sie kurz unterbreche, Annaliese, aber woher wissen sie das alles?" Fragte Jakob. „Üben sie sich doch bitte etwas in Geduld, Herr Schönfelder, ich werde in Kürze darauf zu sprechen kommen." Tadelte ihn die Magd und erzählte nach einem tiefen Atemzug weiter. „Also die dreizehn Worahbes verließen kraftlos ihre Himmelskutsche, wie sie so schön sagen. Vermutlich hatte sie der Geruch der Verwesung nach draußen gelockt. Sie machten sich jedenfalls über die Kadaver der Tiere her. Sie aßen nicht deren Fleisch, was sie brauchten, war Blut. Und das tranken sie, bis sie satt waren. Dann verkrochen sie sich wieder in der steinernen Träne. Als Gram den Leuten am nächsten Tag von den Wesen erzählte, war die Aufregung groß. Die meisten hatten sich schon mit Hacken, Stöcken und Mistgabeln bewaffnet und schlugen auf die Brezita ein. Schließlich zeigten sich die Worahbes. Ihre Haut war so blass wie Käse und sie waren so schwach, dass sie sich kaum auf den Beinen halten konnten. Am besten wäre es wohl gewesen wir hätten sie an diesem Morgen überwältigt. Aber wir wussten ja noch nicht, was uns blühte. Worahmo schickte einen seiner Diener voran, welcher in seinen Händen ein Gefäß voller kleiner glitzernder Steine hielt. Kieselsteinchen große Kristalle. Ängstlich trat er wackelnden Schritts an die Bauern heran. Mit seinen drei Fingern griff er in das Gefäß, entnahm daraus ein paar Kristalle und streckte diese vorsichtig dem ersten Bauer entgegen. Unsicher, aber nicht ohne Neugier und Habsucht öffnete er seine Hand und empfing darin das Geschenk der Worahbes. Und so ging es weiter, bis jeder

der Bauern die um die Brezita herumstanden, seine Gabe erhalten hatte. Worahmo erkannte, dass die Situation sich entspannt hatte und trat an die Seite seines Dieners und nahm selbst einen der glitzernden Steinchen in zwei seiner drei Finger und erhob diese, dass alle Bauern sie sehen konnten. Als er sich ihrer Aufmerksamkeit sicher war, zerrieb er den Kristall mit seinen Fingern und fing den herunterfallenden Staub mit seiner anderen Hand auf. Als der damit fertig war, hob er den Handteller zu seiner Nasenhöhle und atmete tief ein. Kurz darauf gab er ein wohliges Summgeräusch von sich. Die Bauern schauten sich untereinander fragend an. Das Wesen erwartete offenbar, dass sie es ihm nachmachten. Einer der Bauern vermutete, dass es so eine Art Schnupftabak sein musste. So richtig begeistert war keiner von den Männern, aber sie wollten diese Geste des Friedens nicht verschmähen. Nils Brunner fasste sich ein Herz und wagte es. Er brach ein kleines Stück von einem Kristall ab, zerrieb und schnupfte es. An seinem Gesicht erkannte man, dass der Staub ihm ein gutes Gefühl gab. Er lächelte und schloss die Augen. Er sagte er fühlte sich als würde sein Körper von jeglicher

Last befreit. So als würde er auf einer warmen, kuschlig weichen Wolke schweben. Pure Freude, reine Heiterkeit pulsierte durch seine Adern. Die meisten blieben misstrauisch aber ein paar andere Bauern wurden auch von der Neugier übermannt und probierten den Staub des Himmelszelts. Wie wir dieses elende Zeug später nannten. Die Wirkung war die gleiche. Die Kristalle gaukelten den Bauern Glück und Zufriedenheit vor und lies sie mit einem Gefühl hoffnungsloser Leere zurück. Dieses Gefühl war anfangs nicht weiter tragisch, sollte sich aber mit der Zeit zu einer wahren Qual herausstellen. Aber auch das wussten wir damals noch nicht. Am Ende probierte jeder Beschenkte den Staub des Himmelszelts aus, die meisten natürlich im Geheimen. Und sie alle wollten danach mehr. Zuerst wollten sie mehr, danach brauchten sie mehr. Die Worahbes erkauften sich mit den Kristallen die Gunst der Einfaltshausner. Wir brachten ihnen unsere Sprache bei und versorgten sie mit Vieh, deren Blut sie tranken. Doch das reichte ihnen nicht. Sie wollten Menschenblut, und sie nahmen es sich auch. Bauer Gram und seine Familie waren die Ersten. Er war immerhin auch der einzige Mann, der den Staub des

Himmelszelts verschmähte und auch der Einzige, der den Worahbes Widerstand bot. Eines Tages war er und seine Familie verschwunden. Die Leute, die unter den Einfluss der Kristalle standen, waren davon überzeugt, dass sie Einfaltshausen ganz einfach bei Nacht und Nebel verlassen hatten. Ihr getrübter Verstand schöpfte nicht einmal Verdacht, als man im Haus der Grams noch alle ihre Wertgegenstände fand. Und dann geschah etwas noch eigenartigeres. Viele der Menschen, vor allem die Frauen verfielen in einem Zustand der Apathie. Sie sprachen und aßen kaum noch, und starrten mit leeren Augen ins Nichts. Die Männer ignorierten es oder gaben ihnen eine Priese Himmelszelt Staub. Die Worahbes veränderten sich. Ihre milchig blasse Haut wurde grauer und immer dunkler. Ihre Schritte wurden fester, ihre dreifingrigen Hände zitterten nicht mehr so wie sie es anfangs taten, das konnte ich bei Torahto gut beobachten. Manche von ihnen schwollen sogar richtig an. Die Frauen redeten nicht darüber, aber ich sah, dass sie Bisswunden hatten." Jakob legte die Stirn in Falten und fragte: „Verzeiht Fräulein Annaliese, seid ihr sicher, dass das Ganze nicht ein

Fiebertraum eurerseits war? Und wer ist Torahto?" „Ja, so sicher, wie ich weiß, dass niemand in Einfaltshausen mehr lebt, um ihnen die Wahrheit bestätigen zu können... Torahto... so hieß der Worahbes, den ich unterrichtete und dem ich auch mein Leben verdanke. Wir verbrachten viel Zeit zusammen, ich brachte ihm alles bei was ich über die Welt wusste und er erklärte mir viel von den Worahbes, deren Sprache, Schrift und Geschichte, von Worahmo und dem hehren Monstrosah. Der Winter zog ins Land und als schließlich der Tag kam, an dem sie ausreichend erstarkt waren und sie der Meinung waren genug über die Spezies Mensch gelernt hatten, beschlossen sie, dass sie die Einfaltshausner nicht mehr brauchten. Torahto brachte mich eines Nachts in einen Kartoffelkeller und befahl mir ich sollte erst am nächsten Tag wieder nach oben kommen. Doch ich gehorchte nicht, ich ahnte, dass sich etwas Furchtbares anbahnte. Ich konnte es in seinen Augen sehen und in seiner Stimme hören. So schlich ich mich schon nach einer Stunde hinauf, lugte durchs Fenster und wurde Zeuge des Gemetzels... Sie..." Annaliese schluckte und musste durchatmen, erst dann erzählte sie weiter: „... Die wenigen Männer, die noch nicht der Apathie zum Opfer gefallen waren, wehrten sich mit allem, was sie in die Finger kriegen konnten. Doch sie alle waren geschwächt, sie hatten seit einiger Zeit keinen Staub des Himmelszelts von den Worahbes bekommen. Obwohl sie ihnen immer verzweifelter mehr und mehr dafür anboten. Einer der Bauern welcher noch halbwegs wehrfähig war jagte die Sichel einer Sense in den Rücken eines Worahbes. Die Spitze des Erntegeräts ragte aus der Brust des Wesens, fügte diesen aber außer Schmerzen keinen weiteren Schaden zu. Der verletzte Worahbes packte mit seiner Linken wütend das Haar des Bauern und mit seiner Rechten riss er ihn sein Unterkiefer aus dem Gesicht... Die aufgerissenen Augen des Bauern... Seine Zunge die... Nein... Ich..." Die Magd beutelte den Kopf, würgte und hielt sich die Hand vor dem Mund. Jakob fuhr hoch schnappte den Nachttopf und bot ihm dem Mädchen an. Sie hatte die Augen zusammengekniffen, atmete heftig, dann schüttelte sie den Kopf und machte mit der Hand eine abweisende Geste: „Es geht schon wieder..." erklärte sie. Ihre Augen waren feucht, als sie ihre Geschichte fortsetzte. „Sie vernichteten... und tranken sie alle. Bis auf ein paar der willenlos gewordenen Frauen, diese brachten sie in die Brezita. Die Wesen labten sich noch bis spät in die Nacht an den Körpern der Einfaltshausner und stapelten deren Kadavern auf einen Haufen. Sie schütteten ein Pulver auf die Überreste, welche dann wie Wasser im Boden versiegten..." Die Maid hielt inne. Ihre Stirn legte sich leicht in Falten, dann schaute sie Jakob ins Gesicht: „Erst jetzt wird mir etwas bewusst... Als die Worahbes in Einfaltshausen ankamen, waren es dreizehn von ihnen an der Zahl. Doch bei dem Gemetzel und als sie sich danach an den Besiegten gütig taten, waren es weit mehr! Mindestens doppelt, eher dreifach so viele!... Jedenfalls stiegen sie dann alle in die steinerne Träne. Diese begann zu glühen, ließ die Erde beben und hob sich danach langsam in die Luft. Ich lief aus dem Haus. Rings um mich herum Lachen aus Blut. Vor mir das große Loch im Schnee, die schlammige Erde, wo zuvor noch der Stapel toter Körper lag. Weit über mir schwebend bewegte die Brezita sich nach Norden. Dann stoppte sie. Sie befand sich über dem nächsten Dorf, eurer Dorf. Als ich erkannte, dass sie Anstalt machte zu landen, begann ich zu laufen. Ich bemerkte gar nicht, dass ich gelaufen war, mein Blick war auf die steinerne Träne, eure Himmelskutsche, fixiert. Erst als diese hinter den Wipfeln der Bäume verschwand und ich mich in Dunkelheit wähnte, wurde mir bewusst, was ich tat. Ich blickte zurück nach Einfaltshausen, es war bereits nur noch ein kleiner Punkt im Tal unter mir. Eine Umkehr wäre auch völlig sinnlos gewesen, dort gab es nichts mehr zu retten. Also jagte ich weiter in die Richtung, in der ich die Brezita verschwinden sah. Ich lief und lief, stürzte, kämpfte mich wieder hoch und lief weiter. Mein Körper schmerzte, meine Lunge brannte, aber ich lief. Ich konnte kaum was erkennen, Äste peitschten mir ins Gesicht. Ich hatte Angst und ich weinte, aber ich lief. Die Orientierung war längst dahin, ich wusste nicht mehr, wo ich mich befand oder wie lange ich schon rannte. Irgendwann wurde Dunkelheit zur Finsternis. Mehr kann ich über jene Nacht nicht sagen. Aber jetzt bin ich hier, und es scheint als sei es noch nicht zu spät, also lassen sie uns keine weitere Zeit verlieren und die Leute warnen!" Jakob hielt erneut das Mädchen zurück. „Nun warten sie doch. Sie sagen also die Worahbes haben das gesamte Dorf ausgelöscht?" fragte er. „Verdammt und zugenäht, haben sie mir denn nicht zugehört? Für was rede ich überhaupt?" schimpfte sie aufgebracht. Der junge Bauer massierte sich den Nasenrücken. „Selbstverständlich habe ich zugehört. Aber das Ganze... Es ist kompliziert." Annaliese begutachtete ihr Gegenüber, versuchte in ihn hinein zu sehen. „Sie glauben mir nicht. Ist es so?" Jakob zögerte einen Augenblick zu lange. „Ich verstehe..." sagte die junge Magd betrübt und wendete den Blick von Schönfelder ab. „Fräulein Annaliese, es ist nicht so, dass ich an ihrer Aufrichtigkeit zweifle. Jedoch die ganze Sache ist sehr verzwickt... Sehen sie, die Worahbes wurden als unsere Gäste aufgenommen. Und haben sich in Schweigensend noch nichts zuschulden kommen lassen..." Frau Hofstadler drehte sich kommentarlos in dem Krankenbett um, sodass ihr Gesicht zur Wand gerichtet war. „Die Brühe ist fertig! Esst, solange sie schön heiß ist." Verkündete Margot Schönfelder freudig, als sie mit dem dampfenden Kessel das Wohnzimmer betrat. Sie beäugte das Mädchen und dann ihren Sohn welche ihr beide mit Schweigen antworteten. „Habt ihr etwa keinen Hunger?" fragte sie enttäuscht. Man konnte Poltern auf der Treppe vernehmen. „Ich schon! Ich hab sogar einen Bärenhunger, Mama!" jubilierte Brunhilde, die das Ende der Treppe erreicht hatte und ins Wohnzimmer hopste.

Während der Tag verflog und sich schließlich seinem Ende näherte überschlugen sich regelrecht Jakobs Gedanken. Er wusste einfach nicht, wie er mit Annalieses Geschichte umgehen sollte. Nicht einmal für sich selbst. Er wälzte ihre Worte in seinem Kopf hin und her. Sie kannte die Begriffe „Worahbes" „Worahmo" „Ältester" und „Brezita" aber diese fielen auch in jener Nacht, als die Wesen in Schweigensend landeten. Wäre es möglich gewesen, dass die Magd in Einfaltshausen in der Nacht schlaftrunken erwachte, das schimmernde Konstrukt am Himmel sah. Den Weg wie sie sagte nach Schweigensend lief und das erste Zusammentreffen unserer Bürger mit den Worahbes mit fiebrigem Körper beobachtet hatte. Es wäre nachvollziehbar, dass sie sich von den Wesen ängstigte, sie sehen zugegebener Maßen schließlich furchterregend aus. Nach dem Schreck könnte sie dann weggerannt und in unserem Hof liegen geblieben sein. Der Rest der Geschichte könnte die Ausgeburt ihres fiebrigen Deliriums gewesen sein, den sie so klar in ihrem Kopf erlebte, dass sie die Fantasie für echt hielt. Ja, so musste es gewesen sein! Der Jungbauer streichelte seiner Lieblings- Kuh, Resi die leicht gelockte Stirn. Kauend und schmatzend sah sie zu ihrem Besitzer hoch und musterte ihn mit ihren großen gütigen Augen, bis sie sich wieder ihrem Heu widmete. „Aber... Was ist, wenn ihre Geschichte wahr ist?" fragte er das Tier. Dann hätte Schweigensend einen gefährlichen Brandherd mitten im Herzen des Dorfs. Und wenn die Flammen um sich schlagen wäre ich mitschuldig, weil ich von der Gefahr wusste, aber niemanden davor warnte. „Was soll ich nur tun?" fragte er Resi erneut, die jedoch nur ein ruhiges Muhen von sich gab. Auch in der Nacht ließ ihm die Angelegenheit keine Ruhe. Er schlich sich nach unten und trank ein Glas Wasser. „Noch jemand der nicht schlafen kann." Hörte er Annaliese. Sie saß zusammengekauert vor dem Kamin und starrte in die Glut. Der Junge gesellte sich zu ihr: „Wollen wir einen Scheit nachlegen?" fragte er. Sie schüttelte den Kopf. „Ihre Familie, Fräulein Annaliese, ihr Herr Vater und ihre Frau Mutter, wohnten sie auch in Einfaltshausen?" erkundigte er sich. „Glücklicherweise, nein. Sie wohnen in Seeblick, ich besuche sie meistens nur zwei Mal im Jahr." Antwortete das Mädchen. „Dann hatten sie also in Einfaltshausen keine Verwandten?" „Nein, vor knapp drei Jahren nahm ich einen Posten bei Bauer Teufel als Dienstmagd an. Und nein, der Name war ihm nicht gerecht. Zweifelsohne war er nicht ohne Fehl, aber wer ist das schon. Er konnte sehr streng sein und die Arbeit war hart, doch er war gerecht und ich fühlte mich von der Familie gut behandelt. Wenn man den Geschichten anderer Bediensteten Glauben schenken kann, hatte ich es im Hofe Teufel gut erwischt gehabt... Aber wer schenkt heutzutage Geschichten noch Glauben..." „Hören sie schon auf Fräulein Annaliese. Ich habe mich was das anbelangt entschieden. Und dabei werde ich bleiben!" sagte Jakob mit fester Stimme. Die Magd nickte wortlos. „Und ich habe mich dafür entschieden den Bürgermeister aufzusuchen. Morgen gehe ich schnurstracks zum Rathaus und berichte ihm von ihrer Geschichte." Die junge Frau schaute ihm hoffnungsvoll in die Augen „Das werden sie tun?!" hinterfragte sie. „Das werde ich in der Tat. Das können sie mir glauben! Was immer auch in Einfaltshausen geschehen ist. Ich und die Bürger

Schweigensend werden nicht zulassen, dass es sich hier wiederholt!" Die Maid konnte nicht an sich halten und ergriff Jakobs Hand „Danke!" sagte sie und enthüllte dabei ein wunderschönes Lächeln und die rote Glut des Kamins spiegelte sich in ihren enzianblauen Augen. Bald schon wünschten sie sich einander eine gute Nacht und nur wenig später schafften sie es beide in tiefen Schlaf zu fallen.

Als Schönfelder Junior die Milch ablieferte, sah er den Leuten auf dem Marktplatz sofort an, dass etwas nicht stimmte. Er näherte sich dem kleinen Auflauf und erkannte gleich, warum die Leute so aufgebracht waren. Vor der Kirche lag ein riesiger Müllberg welcher hauptsächlich aus den Spenden der Leute bestand. Sämtliche Mäntel, Kleider, Decken, Nahrungsmittel, Matratzen und sogar Kirchenbänke hatten sie aus dem Gotteshaus zur Türe hinaus geworfen. Die Bürger Schweigensend empörten sich über diese frivole Undankbarkeit. Jakob verweilte nicht und schritt zügig Richtung Rathaus. Auch hier waren eine Menge Leute. Glücklicherweise war auch der Bürgermeister anwesend. Doch ob ihn Geller anhören würde war eine andere Sache. Im Moment wurde er von Pfarrer

Feichtinger belagert, welcher sehr erregt auf ihn einsprach: „Nein, Alois, so habe ich mir die Sache nicht vorgestellt. Sie entweihen das Haus Gottes. Sie zerstören dessen Einrichtung, sie scheiden überall in der Kirche schwarzen Schleim aus, welcher stinkt wie Diarrhö und es vermutlich auch ist und sie säubern es nicht einmal." „Meine Güte Hochwürden. Verschonen sie mich mit solchen Lappalien. Statten sie ihre Messdiener und Nonnen mit Eimer und Putzlappen aus. Oder noch besser, sprechen sie mit den Worahbes und bringen sie ihnen bei ihr Geschäft gleich in Eimer zu tätigen und die Sache ist erledigt." Raunzte der Bürgermeister. „Was denken sie eigentlich was ich die ganze Nacht versucht habe? Ich habe auf sie eingesprochen, sie gebeten, ja, es ihnen sogar vorgemacht. Ich sage ihnen, das ist nicht die versehentliche Verrichtung von Notdurft, das ist Absicht. Und so kann das nicht weiter gehen! Aber das ist noch nicht das Schlimmste. Was mich wahrlich in Rage brachte war, dass sie an und in der Kirche alle Kruzifixe abgerissen und ebenfalls auf den Müllhaufen geworfen haben, wie die Spenden die man ihnen schenkte." „Das ist eine Ungeheuerlichkeit!" hörte man Markus Burgstaller aus der

Menschenansammlung. „Fein, wenn es denn sein muss spreche ich eben mit dem Ältesten. Dann kommt sicher alles wieder ins Lot. Und nun entschuldigen sie mich bitte, ich habe noch andere Verpflichtungen, die meiner Aufmerksamkeit bedürfen." Verkündete der Bürgermeister, wischte sich über sein Gesicht und stapfte in sein Büro. Jakob kämpfte sich an den immer noch mürrisch schimpfenden Leuten vorbei und peilte Gellers Büro an. Knecht Danzer erkannte was der junge Bauer vor hatte und versuchte ihn aufzuhalten, doch durch die Drängerei griff er ins Leere. Schönfelder öffnete die Tür zu der Amtsstube des Bürgermeisters und trat hindurch. Danzer folgte ihm nach. „Was zum Teufel wollen sie hier?" fragte Geller, welcher nicht alleine war. Maximilian Braunfels, der Herausgeber des Schweigensender-Tageblatts saß in einem der Stühle. „Guten Tag, Herr Bürgermeister. Ich bin hier, weil ich ihnen etwas Wichtiges berichten muss." Erklärte der junge Bauer. „Verzeihen sie Herr Geller, ich wollte den jungen Mann aufhalten, soll ich ihn hinaus schaffen?" fragte der Knecht, der nun auch in den Raum kam. „Warten sie Danzer. Nun, junger Mann so sagen sie was sie zu sagen haben!" forderte das Oberhaupt des Dorfes Schönfelder auf. Und Jakob berichtete von Annaliese Hofstadler, wie er sie in der Nacht, in der die Worahbes ankamen fand, sie gesund pflegte und von der Geschichte, die sie ihm erzählte. „So... Sie wollen also damit sagen, dass die Worahbes alle Bürger von Einfaltshausen ermordet... und diese getrunken haben?!" hinterfragte Geller. Danzer lachte ungläubig. „Ihre holde Maid hat wohl zu viel über den Durst getrunken, was?" kommentierte der Knecht. „Das sind schwere Anschuldigungen!" brummte der Bürgermeister. „Hören sie, ich weiß, wie diese Geschichte klingt. Und wenn es nicht um die Sicherheit unseres Dorfes ginge, wäre ich jetzt auch nicht hier. Lassen sie uns dort nach dem Rechten sehen, nur zur Sicherheit." forderte Jakob. Allesamt tauschten sie Blicke miteinander aus. „Einverstanden." Sagte Geller, „Das wäre doch ein hübscher Artikel für sie Braunfels!" Der Besitzer des Tageblatts verdrehte die Augen. „Wenn's denn sein muss." knurrte er. „Vielen Dank, Herr Bürgermeister." sagte der Jungbauer zufrieden. „Als wenn wir nicht schon genug Probleme im eigenen Dorf hätten, jetzt kümmern wir uns noch um die erträumten Sorgen einer Dienstmagd. Danzer, sie werden auch mitgehen!" beendete Geller die Unterhaltung und entließ die drei Männer. Sie gingen vom Rathaus direkt in die Stallungen und sattelten drei Pferde. Braunfels bestieg seinen Fuchs, Danzer einen Schimmel und Jakob schwang sich auf den Schecken, der ihn zur Verfügung gestellt wurde.

Ehe sie es sich versahen, trabten ihre Pferde schon über den Schnee der Feldwege. Sie ritten hinein in den Wald, dessen Pfad sie ins Tal führte. Schneebedeckte Wipfel der Nadelbäume peitschten ihnen ins Gesicht und hinterließen Kälte, schmelzendes Wasser und den Geruch von Harz. „Dieser Unsinn ist absolute Zeitverschwendung!" schnauzte der Knecht zornig. Der Jungbauer ignorierte ihn und konzentrierte sich auf den Weg. Es war lange her, dass er im Sattel saß und noch länger, dass er diesen Pfad bereiste. Die drei Reiter verließen den Wald und erreichten die Ebene. Jakob ließ seinen Blick über ein kleines Bächlein schweifen, an welches er sich erinnerte, nur dass es jetzt eben eingefroren war. Man konnte bereits die Dächer der Gebäude von Einfaltshausen erkennen. Braunfels ließ seine Fuchs Stute in Galopp fallen und die beiden anderen taten es ihm gleich. So erreichten sie das Dörfchen in Windeseile. Jakobs Schecke fing kurz vor ihrem Ziel an zu buckeln und er musste sich an dem Tier festklammern, um nicht abgeworfen zu werden. Aus Galopp wurde Trab und aus Trab wurde Schritt. Schließlich schwangen sich die drei Schweigensender von ihren Rössern. Der Wind pfiff gespenstisch durch das menschenleere Kaff. „Hallo!?... Ist jemand hier?" rief Jakob. Er erhielt keine Antwort. Sie banden die Pferde an einem Holzzaun fest und schauten sich in dem kleinen Kuhdorf um. Schließlich fand Jakob, wonach er Ausschau hielt. „Hier her!" rief er seinen Begleitern zu. Danzer und Braunfels stapften zu ihm. „Seht! Das muss der Rest von Gram's Scheune sein, von der Fräulein Hofstadler erzählt hat." Erklärte Schönfelder. Lediglich ein Eckpfeiler und eine halbe Holzwand ragten aus dem Schnee. Jakob trat in die Mitte jener Ruine und schob mit seinem Stiefel Schnee zur Seite. Er ging in die Hocke und legte mehr Trümmer frei. „Schaut euch das an, das sind die Balken der Dachverstrebung." Stellte er fest. „Das mag schon sein junger Herr Schönfelder, doch das beweist gar nichts. Morsche Scheunen sind schon zuhauf eingestürzt ohne das Zutun von Worahbes." sprach Braunfels und schritt davon, er hatte genug gesehen. Danzer begutachtete das gesplitterte Holz. Er hatte in seinem Leben schon viele Hütten und Stallungen gebaut und eines war selbst ihm klar, was er auch laut aussprach: „Morsch, war das Holz auf jeden Fall nicht Maximilian!" „Gott im Himmel, Danzer! Dann war eben beim Bau gepfuscht worden oder das Dach hat unter der Last des Schnees nachgegeben." Brüllte Braunfels und kickte wütend eine Ladung Schnee mit seinem Stiefel zur Seite und fuhr fort: „Hier gibt es nichts, rein gar nichts. Keine Leichen, keine Kampfspuren, gar nichts! Alles, was ich hier sehe, ist ein verlassenes Kaff und den Versuch mit böswilligen Unterstellungen Unfrieden zu stiften." Enttäuscht ließ Jakob den Kopf hängen, während ihn Rudolf Danzer unschlüssig musterte. Immer noch zornig stopfte Braunfels seine Fäuste in seine Jackentasche, als ihm etwas ins Auge fiel. Die Schneise, die sein Stiefel zuvor durch den tiefen Schnee zog, hatte etwas halb freigelegt. Er dachte zuerst es sei ein Stein doch dann erkannte er, was es war, und begrub es wieder im Schnee. „Kommt schon Männer, ich habe keine Lust mir hier den Tod zu holen!" regte er die Beiden an ihn zu folgen. Der Knecht klopfte Jakob kommentarlos auf die Schulter und stapfte zurück zu den Pferden. Schließlich folgte ihnen auch der Jungbauer widerwillig. Auf dem Ritt nach Hause sprachen sie kein Wort. Jakob dachte daran wie enttäuscht Annaliese sein würde, wenn er ihr gestehen musste, dass er die Leute des Bürgermeisters nicht von ihrer Geschichte überzeugen konnte. Knecht Danzer dachte an das kräftige gesplitterte Holz der Verstrebungsbalken. Und Maximilian Braunfels dachte an Zähne. Zähne und noch mehr Zähne, die aus einem abgetrennten menschlichen Unterkiefer ragten.

Er fand sie in der Küche. Gemeinsam mit seiner Mutter und seiner kleinen Schwester war sie dabei ein herrliches Mahl zusammen zu zaubern. Es gab einen saftigen Schweinebraten gewürzt mit Kümmel und Knoblauch, dazu riesige Kartoffelknödel, die aussahen wie Wolken und einen Krautsalat in saurem Essig gekocht. Der Geruch ließ Jakob den Magen vorfreudig knurren. „Sie hat fast alles allein gekocht!" erzählte Brunhilde voller Bewunderung „Aber ich habe beim Kartoffel schälen geholfen!" „Das ist wahr. Fräulein Hofstadler ist eine begnadete Köchin!" bestätigte seine Mutter. Annaliese errötete ein wenig und meinte: „Ich hoffe nur, dass es auch schmeckt. Schließlich wollte ich mich so für ihre führsorgliche Pflege und Gastfreundschaft bedanken." „Fräulein Annaliese, könnte ich sie bitte für einen Moment allein sprechen?" fragte Jakob. Die Magd wollte antworten, dass sie im Moment den Herd nicht verlassen konnte, doch Margot erriet ihre Gedanken und sagte: „Gehen sie nur Schätzchen, wir übernehmen hier." „Ja! Wir übernehmen hier!" wiederholte die kleine Brunhilde und rührte eifrig den dampfenden Krautsalat um. Jakob wählte erneut den Kamin um Annaliese von seinem Besuch im Rathaus zu berichten und wie beschlossen wurde sich in Einfaltshausen umzusehen. „Ich war dort, es war genau, wie sie sagten, keine Menschen Seele und die zerstörte Scheune und dennoch glauben sie uns nicht." Eröffnete er ihr, woraufhin sie den Kopf leicht hängen ließ. „Die ganzen Gassen, sie waren voller Blut, habt ihr denn das viele Blut nicht gesehen?" hinterfragte sie flüsternd. „Leider nein Fräulein Annaliese, das können sie nicht wissen, in jener Nacht, nachdem wir sie in unserem Hof fanden, gab es einen heftigen Schneefall. Viele Zentimeter Neuschnee kamen hinzu und begruben alle Spuren die unsere Geschichte bestätigen hätten können." Gefasst nickte sie „Ich verstehe." Hauchte sie. „Lassen sie nicht den Kopf hängen, das ist nicht das Ende, wir fangen gerade erst an. Wir geben nicht auf und lassen uns etwas einfallen." Versprach der junge Mann. Daraufhin blickte sie ihn in die Augen und antwortete mit einem „Ja."

Bald darauf saßen sie alle zusammen am Küchentisch und schmausten. Der Schweinebraten schmeckte noch köstlicher als er duftete. „Oh mein Gott, das hat gemundet. Jetzt bin ich total satt." kicherte Brunhilde. „In der Tat, wenn uns Fräulein Annaliese täglich so verwöhnte würdest du sicher bald wirklich so rund sein wie ein Knödelchen, was?" neckte sie Jakob. „Jaaaa! Aber du auch, du Esel!" gab sie zurück. „Das ist wohl wahr." Gab ihr Bruder heiter zu und sie lachten miteinander. Annaliese lächelte glücklich. „Ich bin sehr froh, dass es ihnen geschmeckt hat."

Nach dem Essen lief Brunhilde freudig hinaus in den Hof, um zu spielen. Margot wollte gerade anfangen den Tisch ab zu räumen, doch Jakob wies sie an sitzen zu bleiben und erledigte die Aufgabe. Annaliese jedoch ließ es sich nicht nehmen ihm beim Abwasch zu helfen. „Übertreiben sie es bitte nicht Fräulein Annaliese, ihr Körper ist sicher noch etwas geschwächt von dem Fieber und sie hatten mit dem kochen schon so viel Anstrengung." Tadelte sie der Jungbauer. „Sorgen sie sich nicht meinetwegen, Jakob, ich bin nicht mehr krank. Dank der liebevollen Pflege von ihrer Frau Mutter und ihnen. Ich möchte mich noch nützlich machen, bevor ich sie verlasse." sprach sie. Der Junge verspürte einen kleinen Stich in der Brust. „Ich hatte schon befürchtet, dass sie mit diesen Gedanken spielen könnten. Aber ich bitte sie Annaliese, gehen sie noch nicht. Lassen sie uns das Gästezimmer für sie einrichten. „Sie sind zu freundlich, Jakob. Aber mich plagt schon so das schlechte Gewissen. Und was wird ihre Frau Mutter dazu sagen?" „Dass sie herzlich willkommen sind und so lange bleiben dürfen wie es ihnen gefällt liebes Kind!" schrie Margot aus dem Wohnzimmer. „Mutter! Würdest du es bitte unterlassen zu lauschen!" ärgerte sich der Junge setzte aber im gelassenen Ton fort: „Sie hören es ja selbst, Fräulein Annaliese, und so wie Mutter empfinden wir hier alle im Hofe Schönfelder. Wenn sie sich wieder fit fühlen, können sie ja bei der Hausarbeit mithelfen. Außerdem brauchen wir sie. Niemand weiß mehr über die Worahbes als sie. Und wenn diese tatsächlich anfangen Probleme machen wird ihr Wissen unsere stärkste Waffe sein." Die Magd schluckte und sprach leise: „Danke, Jakob. Sie retten mich aus einer kniffligen Lage. Sehen sie, nach Einfaltshausen kann ich nicht zurück, wie sie selbst gesehen haben, ist dort nichts mehr. Ich könnte nur noch zurück zu meinen Eltern nach Seeblick. Doch nahm ich bei meiner Flucht aus Einfaltshausen nichts mit außer den Kleidern, die ich am Leibe trug. Mit anderen Worten ich könnte mir die Fahrt nach Hause nicht leisten und zu Fuß ist es ein Marsch von 2 Tagen, bei der Schneehöhe eher sogar noch mehr… Kein Geld, um wo zu übernachten. Höchstens auf Glück bei fremden Leuten, die vielleicht nicht so ein gutes Herz haben wie sie und ihre Familie. Sie… Sie müssen mir nur eines versprechen." „Was denn, Fräulein Annaliese?" „Ich… Ich möchte so etwas wie in Einfaltshausen kein zweites Mal erleben." Hauchte sie und griff gerade nach einem Teller, genau wie auch Jakob. Ihre

Hände trafen sich. Der Junge verharrte kurz, doch fasste sich rasch ein Herz und nahm die kleine zarte Hand des Fräuleins in seine und legte die zweite noch behütend darauf. „Wie ich ihnen letzte Nacht schon sagte, Annaliese, die Schweigensender werden das nicht zulassen… WIR werden das nicht zulassen!" versprach er ihr erneut und blickte dabei entschlossen in ihre enzianblauen Augen. Sie nickte wortlos und ein paar Herzschläge später entließ er die Hand des Mädchens aus den seinen. Dann setzten sie den Abwasch fort.

Hermine Jäger war an und für sich eine optimistische Frau, die sich selbst und das Leben nicht zu ernst nahm. Sie war eines der gefragtesten Freudenmädchen in Schweigensend. Sie hatte schon früh eine Schwäche für Männer, eine Schwäche, die sie schon im Alter von fünfzehn Jahren zu einer Spezialistin brachte, welche sie von einer ungewollten Belastung befreite, zwei Jahre später war sie wieder bei jener Dame. Doch bei dieser Behandlung hatte die Spezialisten keine ruhige Hand, was sich für Hermine aber weniger als Schaden, sondern mehr als Segen erwies. In ihrem Bauch konnte seither kein

Leben mehr entstehen und sie konnte sich ihrer Schwäche hemmungslos hingeben. So baute sie ihre Karriere und ihren Ruf auf und lebte sehr gut davon. Und doch gab es Tage, an denen sie die Vergangenheit einholte. Reue und Gewissen plagten sie mit Gedanken. Ihre erste Belastung wäre inzwischen so alt, wie sie gewesen war, als sie entschloss, sie nicht auszutragen. „Sei's drum, was wäre ich schon für eine Mutter gewesen? Man kann nur weitergeben, was man erhalten hat, und meine Mutter war eine schreckliche Mutter" dachte sie. Hermine konnte sich ein Leben mit einer solchen Verantwortung nicht vorstellen, sie wollte es sich auch nicht vorstellen. Und doch konnte sie nicht anders, als in ihren Gedanken ab zu wägen ob sie ihrer Belastung die Existenz geraubt oder mehr ihr diese erspart hatte. Trotz ihres Optimismus überwog am Ende die Waagschale der Ersparnis. Der Inhalt der Waagschale der Beraubung zwang sie jedoch dazu das gesamte Geld, was sie an jenem Abend verdient hatte, in Schnaps zu tauschen und diesen sich einzuflößen. „Na Frau Jäger, wieder auf der Jagd?" fragte der Wirt des Bierstüberls und leitete damit ihren feucht-melancholischen Abend ein. „Heute

nicht mehr, Johann. Gib mir bitte was Starkes."
Antwortete Hermine und begann ihre
Gedanken mit der berauschenden Flüssigkeit
zum Schweigen zu bringen. Es funktionierte
gut, mit jedem Gläschen schien das schlechte
Gewissen weiter wegzurücken. Nach einiger
Zeit konnte Hermine sogar lachen, als einer der
anderen Gäste einen anrüchigen Witz erzählte.
Nach und nach leerte sich das Lokal und knapp
vor drei Uhr half der Wirt Krieger Frau Jäger
aus der Tür. Schamlos nützte er die
Gelegenheit, um der betrunkenen Dame an
den Hintern zu fassen. „S' gibt keine gratis
Kostprob'n." lallte Hermine und gab ihm einen
Klaps auf die Hand „Kannst aber gerne mal auf
n' bezahltes Schäferstün'chen vorbeischaun'.
Glaub aber nicht, dass Frau Krieger davon
recht begeistert wär'. Für diese Nacht hab' ich
aber wie auch du schon Sperrstund', sei' ma'
ned bös'. Gute Nacht, Ertränker meines
Kummers." „Gute Nacht Frau Jäger, glauben
sie sie schaffen es nach Hause?" hinterfragte
der Wirt. Sie war schon einige Schritte die
nächtliche Gasse entlang gewankt und ohne
sich umzudrehen machte sie mit der Hand eine
abweisende Geste und bejahte die Frage
mürrisch. Der Rausch war Hermine alles

andere als fremd. Und doch stellte sich der Heimweg in dieser Nacht als äußerst schwierig dar. Nicht weil sich um sie alles drehte und weil sie unscharf sah. Irgendwie fühlte sich ihr Körper schwächer an als früher. Sollte sich tatsächlich jetzt schon das Alter bemerkbar machen? Sie geriet ins Taumeln und beinahe hätte sie das Gleichgewicht verloren. An der steinernen Wand der Gasse konnte sie gerade noch den rettenden Halt finden, verletzte dabei aber ihre Hand, mit der sie sich auffing. Großartig dachte sie, und noch dazu die Hand, die sie für ihre Arbeit brauchte. Sie lehnte sich mit geschlossenen Augen an die Wand, fluchte und schüttelte die schmerzende Hand. Der Alkohol hatte die Wahrnehmung gedämpft doch sie spürte sehr deutlich, wie ihre Hand wehtat. So wie auch ihr Magen und Kopf wehtaten, das würde ein herrlicher Kater werden. Und auch ein ziehender Schmerz im Hals machte sich bemerkbar. Verwirrt öffnete sie wieder die Augen und erschrak. Sie wollte fliehen doch der Worahbes, der bereits an Hermine seinen Durst stillte, drückte sie fest gegen die Steinwand. Das Wesen trank sich satt. Doch als er von der Frau ablassen wollte, zischte er und gab knarrende Laute von sich und kippte nach vorne und blieb auf der Prostituierten regungslos liegen. Als der Worahbes wieder zu sich kam, war es hell und viele Dorfbewohner hatten sich um ihn und Frau Jäger versammelt. „Wache!" kreischte eine der Frauen unter den Beobachtern. Das Wesen rappelte sich energisch auf und die Leute wichen verängstigt zurück. Der Worahbes wollte weg, doch er war wie benommen und konnte sich kaum auf den Beinen halten. Und bevor er noch einen klaren Gedanken fassen konnte, erbrach er einen großen Schwall von Hermines Blut vor die Füße der Schweigensender, welche verstört noch weiter zurückwichen. Das Wesen übergab sich noch zwei weitere Male, bis es schließlich umkippte und auf dem Boden liegen blieb. Der Schuster Siegfried Bichler war auch unter den Leuten die Zeuge dieser frühmorgendlichen Szene wurden. Er stieg über den Worahbes hinweg und kniete sich an die Seite des Freudenmädchens, mit welcher er schon so manch schöne Stunden verbracht hatte. An ihrem Hals konnte er sofort die Bissmahle erkennen. „Das Ding hat sie gebissen!" schrie er zu den Dorfbewohnern. „Und wie es aussieht auch ihr Blut ausgesaugt und getrunken." Fügte Norbert Grünzweig, der Wachtmeister

Schweigensend hinzu der eben eingetroffen war und die erbrochene Blutlache inspizierte. Siegfried strich Hermine das nasse Haar aus dem Gesicht. „Sie lebt!" erkannte er freudig. Er hob ihren Oberkörper hoch, lehnte ihn gegen die Wand und gab ihr ein paar behutsame Ohrfeigen auf die kalkweiße Wange. Hermine gab ein Murren von sich und wendete ihr Gesicht ab. Bichler hievte die junge Dame in die Höhe und trug sie auf den Händen davon. Einige der Schweigensender folgten ihm neugierig, andere blieben bei dem Wachtmeister und dem weggetretenen Wesen zurück und starrten es angewidert an.

„Es fällt weißer Regen auf Einfaltshausen." sagte Torahto, der am Fenster stand und hinaus schaute. „Das ist Schnee, gefrorener Regen!" erklärte Annaliese, schrieb auf einem Blatt Pergament einen Satz zu Ende und legte danach die Feder weg. „Fertig!" sagte sie. Der Worahbes drehte sich um und gesellte sich zu ihr an den Tisch. Er überflog prüfend die Glyphen, welche die Magd geschrieben hatte. „Sie machen Fortschritte." Urteilte er zufrieden. Sie lächelte: „Ich habe eben einen guten Lehrer." Das Wesen nahm die Feder und fügte bei einer Glyphe einen zu einem dreiviertel geschlossenen Kreis hinzu. Das blonde Fräulein sah aufmerksam zu wie das Wesen mit seiner dreifingrigen Hand die Feder führte und bei welchen Zeichen sie Fehler gemacht hatte. Sie legte angestrengt die Stirn in Falten und rieb sich den Bauch. „Wieso macht ihr das eigentlich mit uns?" fragte sie. Er steckte die Feder in das Tintenfläschchen. „Was machen?" fragte er. „Die Frauen, ihr beißt sie und ihr trinkt sie! Ich hab die Abdrücke an ihren Hälsen gesehen. Ihr leidet doch keinen Hunger, die Bauern geben euch Tiere zum Trinken." „Ja, sie geben uns Vieh." Bestätigte Torahto. „Und das ist nicht genug?" stichelte Annaliese weiter. Der Worahbes stand auf und ging wieder zum Fenster „Wie Brot dass nicht sättigt, wie Wasser dass keinen Durst löscht, wie Sonne die nicht wärmt, wie Schlaf der nicht erfrischt." sinnierte das Wesen. „Verstehe..." sagte die Magd. „Der Lebenssaft intelligenter Geschöpfe lässt uns erstarken, lässt uns gedeihen. Wir tranken Krontroars, Zamreigsobers, Relelalotten, Quos Lett Schosstuarten und noch zahlreiche andere höhere Lebewesen. Erschaffer von Zivilisationen. Wissen, Erkenntnisse, Erinnerungen, Einfallsreichtum,

Kraft und Lebenswillen strömte durch deren Adern und nun auch durch unsere." Erklärte der Worahbes. „Ihr reist also von Volk zu Volk und nehmt euch, was ihr wollt, warum?" fragte Annaliese. Torahto drehte sich zu ihr und durchdrang sie mit seinen tiefschwarzen Augen. „Weil der hehre Monstrosah es so vorsieht. Der Älteste, in all seiner Weisheit, legte uns die Schrift zu Füßen, auf dass es uns leite auf all unseren Wegen." Die Magd hielt sich den Bauch und versuchte den Augen Torahtos zu entfliehen. „Ich verstehe so wenig über die Worahbes. Euer Volk ist mir ein Rätsel, so wie auch ihr, Torahto. Ich dachte ich wüsste, wer ihr seid... wie ihr seid. Doch langsam deucht mich, ich kenne euch nicht." Murmelte sie. Der Worahbes trat an den Tisch heran und lehnte sich mit seinen Armen dagegen. Sein Maul war ganz nahe an dem Ohr des Fräuleins. „Und doch verlangt es euch, zu verstehen. Es ist eine ähnliche Form von Durst, die euch antreibt, Annaliese. Das ist einer der Gründe, warum ich euch so schätze. Aber erspart euch die Mühe, ihr werdet uns niemals verstehen können. Wir Worahbes wurden in unsere Existenz geboren. Wir haben es uns nicht ausgesucht aber jeden von uns ist klar, wir sind eben, was wir sind." Sie spürte den Hauch seines Atems an ihren Nacken. „Wir Menschen wurden auch in unsere Existenz geboren, auch wir konnten uns nichts aussuchen. Weder wo, noch als was wir geboren werden. Wir können uns nur aussuchen, was wir tun. Und vielen von uns liegt viel daran das Richtige zu tun. Sagt Torahto, ist es das Richtige anderen Wesen wehzutun, ihnen zu schaden, dass man sie kaum mehr als Lebende bezeichnen kann, wie die Frauen, nachdem ihr sie gebissen habt. Oder sie gar zu töten?... Versuche es nicht zu leugnen, die von eurem Himmelszelt Staub vernebelten Bauern könnt ihr täuschen, mich aber nicht. Ihr habt Bauer Gram und seiner Familie das Leben genommen, war dass das Richtige?" Das Wesen packte die Maid an den Schultern zog sie auf die Beine und drückte sie an die Wand. „Ja, aus der Sicht eines Worahbes war es das Richtige!" zischte er ihr ins Gesicht. „Was macht dich da so sicher?" gab Annaliese zurück „Weil dies die Lehre des Monstrosah ist." Bekräftigte Torahto. „Was ist, wenn das Monstrosah sich irrt? Es ist nichts weiter als eine Niederschrift, eine Aneinanderreihung von Glyphen." „Ihr versteht nicht das Geringste. Das Monstrosah kann sich nicht irren. Es ist die einzig wahre Wahrheit des Seins." Versicherte ihr der Worahbes und verfestigte seinen Griff. Die Magd keuchte und sah vor sich mit einem Mal nicht mehr den Torahto, den sie vor drei Monaten kennengelernt hatte. Zum ersten Mal sah sie nur noch den Worahbes in Torahto. „Nur zu. Tu es. Euer geliebtes Monstrosah wurde erdacht von einem grausamen Unwesen dass zahllose Leben ausgelöschte, raubte, unterdrückte, zerstörte, schändete und versklavte. Geschrieben aus einem einzigen Zweck, um jeden von euch zu einem ebensolchen Unwesen zu formen wie Worahmo selbst. Wenn das dein Ziel ist, Torahto, bringe es hinter dich, folge deinem Instinkt, sowie den Weg des Schlechten und beiße zu!" Das Wesen bleckte seine Zähne, ließ Annaliese seine Fänge sehen. Der aufgebrachte Worahbes rang mit sich selbst. Schließlich lockerte er seinen Griff und entließ das Mädchen in Gänze daraus. Er ließ sich zu Boden sinken, während die Maid an der Wand stehen blieb. „Für wahr, der Instinkt gebietet es mir und doch sträube ich mich dagegen, mich diesem hinzugeben. Denn könnte ich es nicht ertragen ihnen Schaden zu zufügen. Obgleich das Recht des Monstrosah mir gewogen wäre und ich mich so sehr danach sehne einen Teil von ihnen in mir aufzunehmen. Wahrlich, weit mehr als Worte beschreiben können. Wenn sie nur wüssten, wie sehr sie mich quälen und zerreißen, Fräulein Annaliese!" Eine orangefarbene Flüssigkeit lief aus den dunklen Augenhöhlen des Wesens. „Sind das Tränen?" fragte sich die Dienstmagd in Gedanken. Sollten diese Wesen tatsächlich fähig sein zu weinen? Zärtlich berührte sie seinen knochigen verschrumpelten Kopf und streichelte ihn. Ihre Finger glitten durch das spärlich gesäte silbrige Haar der Kreatur, welche seinen Kopf nach vorne beugte und diesen an den Bauch des Mädchens drückte. Kurz verweilten sie so, doch dann schniefte der Worahbes. Alle Sinne des Wesens fixierten sich auf den Geruch, seine Quelle war unter Annalieses Kleid welches er ohne zu zögern in die Höhe hob. „Nein, Torahto! Nicht!" sagte sie mit zitternder Stimme. Er sah, dass die mit Watte ausgestopfte Unterwäsche der Maid verrutscht war und ein Tropfen Menstruationsblut an der Innenseite ihres Schenkels langsam hinab floss. „Fräulein Annaliese... Ich kann nicht..."

keuchte der Worahbes und öffnete sein Maul. Die Magd spürte die warme Zunge des Wesens an ihrem Schenkel. „Nicht..." sagte sie mit geschlossenen Augen und drückte Torahtos Kopf von sich. Das jedoch bei Weitem nicht entschieden genug. Und so naschte seine kitzelnde Zunge noch für eine Weile an der jungen Frau. Ihre Brust zog sich unangenehm zusammen und ihr Herz klopfte laut und stark.

Annaliese erwachte auf dem mit Daunenfeder gefüllten Kissen, im Bett des Gästezimmers. Nachdem sie sich erstmals nach ihrer Krankheit sorgfältig gewaschen hatte, kuschelte sie sich in jenes weiche Gästebett, in welchen sie daraufhin ihre erste Nacht verbrachte. Ihr Schlaf war tief und entspannt, anscheinend zu entspannt, sodass dieser Traum sich in ihr Bewusstsein zurückkämpfen konnte. Sie hörte das klopfen aus ihrem Traum noch immer. Dann wurde ihr klar, es war nicht ihr Herz, es war Jakob, welcher nun die Tür des Gästezimmers einen kleinen Spalt öffnete. „Guten Morgen Fräulein Annaliese, verzeihen sie, dass ich sie aus dem Schlaf reiße, aber sie haben mich gebeten, sie zu wecken." Das junge Mädchen erinnerte sich „Ja danke, ich komme in einem Augenblick runter." Der Jungbauer wollte gerade wieder die Türe schließen, öffnete sie dann aber etwas weiter und sagte. „Annaliese, ihr Gesicht ist ja hochrot. Haben sie wieder Fieber?" Sie zog sich die Decke bis zu den Augen hoch und erwiderte energisch: „Nein! Nein! Das... ist nur die Wärme des Bettes. Gehen sie ruhig schon hinunter, ich komme sofort nach!" Der Junge musterte sie unsicher, nickte aber schließlich und tat, worum sie ihn bat.

An diesem Tag begleitete die Dienstmagd ihren Gastgeber zuerst in den Stall und dann in das Dorf. Jakob trug sein Rückengeschirr mit den 2 Milchkannen, Annaliese trug die Dritte. „So nahe war sie also die ganze Zeit." Sagte sie, als sie die Brezita auf dem Acker des Nachbarn entdeckte. „Dann habe ich also die Richtung in jener Nacht gut geschätzt." Der Jungbauer nickte und freute sich darauf die hübsche Maid seinen Freunden vorzustellen. Nach einer Weile als der Marktplatz bereits in Sicht war wurden ihre Schritte langsamer. „Alles in Ordnung, Fräulein Annaliese? Ist ihnen die Kanne zu schwer? Ich kann sie ihnen abnehmen." Sie schüttelte den Kopf: „Das ist es nicht. Ich… Ich muss gestehen ich habe ein wenig Angst. Nach dem Gemetzel in Einfaltshausen die Kreaturen wieder zu sehen…" „Sie brauchen sich nicht zu fürchten, meine Gute, ich werde auf sie aufpassen." Sie nickte und gingen weiter.

In dem Moment als Fräulein Hofstadler und er Reintalers Krämerladen betraten wurde ihm klar, dass etwas Schlimmes geschehen ist. Kein Lächeln zierte wie üblich das Gesicht von Liselotte, keine Worte des Scherzes kamen Helmut über die Lippen, nur Betroffenheit und Besorgnis lag in ihren Blicken. „Was ist passiert?" fragte Jakob. „Die Leute reden schon den ganzen Morgen darüber. Hermine Jäger, du weißt schon, die Dirne die in Kriegers Bierstüberl oftmals auf der Lauer liegt. Sie wurde von einem Worahbes gebissen!" klärte ihn Helmut auf. Der Jungbauer drehte sich zu der Magd und warf ihr einen vielsagenden Blick zu den sie erwiderte und mit den Worten „Dann hat es bereits begonnen." kommentierte. „Das Ding hat ihr Blut getrunken!" kreischte Liselotte und zog sich eine Haarlocke in die Länge. „Lebt sie?" fragte Schönfelder. „Im Moment ja, Bichler hat sie zu Doktor Stiefsohn gebracht."

Berichtete der Krämerladen Besitzer. „Doktor Stiefsohn ist wieder im Dorf?" hinterfragte Jakob. „Ja, er kam gestern an. Würde mich brennend interessieren was er zu unserer Situation mit den Kreaturen zu sagen hat." Sprach Helmut. Jakob zog sich das Geschirr mit den Milchkannen von den Schultern und stellte diese auf den Boden. „Das ist gut! Es ist ein beruhigendes Gefühl, dass Schweigensend wieder einen Heilkundler hat. Wie es aussieht, werden wir ihn bald dringend brauchen. Fräulein Annaliese, wollen sie vielleicht nun den Medikus aufsuchen? Ihr Gesicht war heute Morgen so gerötet. Vielleicht sollte er sie doch ansehen." Sagte er zu seiner Begleiterin. „Nein, das ist nicht nötig Jakob, ich hab es ihnen doch schon gesagt, ich bin wieder vollkommen gesund!" beharrte das Mädchen. Erst jetzt bemerkte Helmut die junge Frau, die mit seinem Freund gekommen war. „Sag Jakob, wer ist denn diese hübsche Dame." „Oh!" Sagte der Jungbauer und nahm der Maid die Milchkanne ab. Und mit den Worten „Das ist Fräulein Annaliese Hofstadler, sie ist nicht von hier, aber sie wohnt zurzeit bei uns. Und das, meine Gute, sind meine lieben Freunde die Reintalers, Lieselotte und Helmut." Stellte er sie einander vor. Beide kamen von der Theke hervor und schüttelten der Dienstmagd die Hand. Lieselotte hatte zum ersten Mal an diesen Tag wieder ein Lächeln im Gesicht. „Es freut uns außerordentlich sie kennenzulernen Fräulein Hofstadler." Sagte sie erfreut. „Die Freude ist ganz meinerseits." Gab Annaliese glücklich zurück. Helmut stieß Jakob in die Rippen: „Hast dir meinen Rat wohl zu Herzen genommen, was, du alter Fuchs!" zischte er ihn flüsternd zu. Schönfelder Junior kratzte sich verlegen den Hinterkopf und erklärte seinem Freund: „Oh, nein, nein, die Sache ist ganz anders... Es ist kompliziert." „Aha, kompliziert, ja?!" sagte Helmut darauf mit schief gelegtem Kopf und verschränkte seine Arme. Jakob seufzte schaute zu Annaliese und sah, dass diese mit Lieselotte tratschte. Er nutzte die Gelegenheit und trat mit Helmut ein wenig zur Seite. „Annaliese kommt aus dem Tal im Süden. Das Kaff heißt Einfaltshausen. Sie sagt die Worahbes waren dort, bevor sie zu uns kamen, haben dort auch angefangen die Leute zu beißen und zu trinken und als die Zeit reif war, haben sie dort alle getötet. Ich selbst bin mit Braunfels und Danzer hin geritten, das Dorf ist eine Geisterstadt." „Braunfels war mit? Das ist gut, dann kann er die Leute mit dem Schweigensender-Tageblatt warnen." Sagte Helmut hoffnungsvoll. Jakob verzog das Gesicht und knurrte verächtlich: „Damit ist wohl nicht zu rechnen. Wir haben nicht ausreichend Beweise gefunden. Weder, dass die Worahbes in Einfaltshausen waren noch dass es dort Tote gab. Braunfels glaubt die Geschichte nicht und ich kann es ihm nicht einmal verübeln. Ich glaubte sie schließlich selbst anfangs auch nicht." „Es klingt auch einfach viel zu schrecklich, als dass es wahr sein kann, lass uns hinausgehen, Schweiger verliest gleich die Neuigkeiten. Vielleicht wissen wir dann mehr." Helmut, Lieselotte, Annaliese und Jakob verließen den Laden und stellten fest, dass sich auf dem Marktplatz unglaublich viele Leute eingefunden hatten. Sie alle warteten auf den Ausrufer und was er ihnen zu sagen hatte. Es dauerte nicht lange bis Günther Schweiger endlich unter den Pöbel trat und seine laute Glocke läutete. „Höret die Neuigkeiten des Tages, Höret die Neuigkeiten des Tages! Bürger von Schweigensend, wie sie gehört haben, trug sich heute Nacht ein bedauerliches Ereignis zu. Ein Worahbes verletzte eine Bürgerin unseres Dorfes. Das Geschöpf biss die Dame in den Hals, diese nun unter Schock steht aber ansonsten in guter Verfassung ist und keine bleibenden Schäden davontragen wird. Augenblicklich wurde der Sache nachgegangen. Und die Nachforschungen haben ergeben dass es sich bei dieser Tat, sowie auch bei der angeblichen Schändung der Kirche, lediglich um ein kulturelles Missverständnis handelte. Tatsächlich war es für unseren Gast eine Art Akt der Leidenschaft, so wie für uns etwa ein Kuss ist. Der entblößte Hals der Frau provozierte die Passion des Worahbes und die Dame verschuldete somit selbst dieses bedauernswerte Ereignis." „Sie sind ein gottverdammter Lügner!" unterbrach jemand aus der Menge den Ausrufer „Das Biest hat die Frau nicht bloß gebissen, es hat ihr Blut gesoffen! Was sie anscheinend nicht einmal für erwähnenswert halten!" fügte die zornige Stimme hinzu. Schweiger blieb der Mund offen stehen. Es war lange her das jemand es gewagt hatte ihn zu unterbrechen und noch dazu auf eine derart beleidigende Weise. Eine Frauen Stimme rief: „Ich habe in Erzählungen von solchen Kreaturen gehört, das sind Vampire! Blutsauger!" Der Ausrufer würgte seinen verletzten Stolz hinunter und fand wieder seine Fassung, beschloss alle Zwischenrufer zu ignorieren und verlas weiter die Neuigkeiten. „Um bedauerliche Vorfälle wie diese künftig zu vermeiden, werden die Bürger Schweigensend dazu angehalten ihren Hals und Nacken zu bedecken und zu verhüllen." „Das wird sie nicht aufhalten!" schrie Annaliese, „Wenn die Bürger Einfaltshausen noch lebten, könnten sie euch dies bestätigen!" Einige der Zuhörer drehten sich zu der Magd um, Angst stand den meisten ins Gesicht geschrieben, Zweifel den übrigen. „Des Weiteren sei gesagt, dass nur noch wenige Lose für die Tombola des Narrenabends kommenden Sonnabend zur Verfügung stehen. Wie jedes Jahr findet dieser im Versammlungsraum des Rathauses statt. Und Bauer Linauer bietet einen Wurf Ferkel zum Verkauf an, nähere Informationen…" redete der Ausrufer weiter ohne sich von weiteren Zwischenrufern aus dem Konzept bringen zu lassen.

Nachdem Schweiger seine Arbeit hinter sich gebracht hatte und die Menge der Leute sich zum Auflösen begann. Plauderten Jakob und Annaliese noch ein wenig mit Helmut und Lieselotte. Sie erzählten dem Ehepaar

Reintaler über die Erlebnisse der Dienstmagd in Einfaltshausen und auch weniger schockierender Themen. Leider musste Schönfelder feststellen, dass sein Freund ihren Worten im Besten Fall nur wenig Glauben schenkte. Er vertraute auf die Aufrichtigkeit des Schweigensender-Tageblatts, dessen Inhalt von Schweiger verbreitet wurde. Lieselotte hingegen glaubte der Maid und sie beide waren einander auf Anhieb sympathisch und schwatzen eine Menge. „Sie hat schöne Haare!" erzählte Annaliese Jakob, als sie auf dem Weg nach Hause waren. „Ja, und sie kann nicht aufhören mit diesen herum zu spielen." fügte er hinzu. „Wenn mein Haupt von einer solchen Haarpracht geziert wäre, könnte ich auch nicht meine Finger davon lassen." verteidigte Annaliese ihre neue Freundin. Der Jungbauer schaute sie sanft lächelnd an. „Aber was redet ihr da Fräulein Annaliese? Ihr habt doch wunderschönes Haar!" gestand ihr Jakob. Die Maid errötete leicht und hielt sich schüchtern die Hand vor den Mund, während sie lächelte und dabei auf den Boden sah.

„Lasst uns Schlitten fahren gehen!" schlug Brunhilde lauthals vor, als sie nachmittags wie ein Äffchen auf den Rücken ihres großen Bruders kletterte. „Ach Knödelchen, glaubst du nicht das wir schon etwas zu alt sind, um zu rodeln?" wehrte sich Jakob verbal. „Nein..." bestand das kleine blonde Mädchen, „Nur zu faul!... Und zu feig!" „Moment! Was heißt da zu feig? Warum sollte ich zum Schlittenfahren zu feig sein?" entgegnete ihr der Junge empört. „Weil du die Schmach nicht ertragen könntest, dass deine kleine Schwester schneller den Hügel unten ist als du!" provozierte sie ihn. Schönfelder wendete sich Fräulein Hofstadler zu: „Was meinen sie dazu, Annaliese?" Ihre enzianblauen Augen glitzerten und sie sagte: „Ich denke, frische Luft wäre jetzt genau das Richtige." Und damit war es beschlossen.

Brunhilde, ihre kleine Rodel hinter sich herziehend führte sie an. Jakob und Annaliese folgten. Er zog den größeren Schlitten, der für zwei Personen Platz bot. Sie stapften durch ein kleines Wäldchen, vereinzelt rieselten Schneekristalle von den Zweigen der Bäume. Es roch herrlich nach Harz und Holz. Das kleine Mädchen eilte freudig dem langen Hang entgegen doch ihr Bruder und die Magd waren in ihren Gedanken wo anders. „Sie müssen mir alles über die Worahbes berichten was sie wissen, Annaliese. Sie sagten sie haben ihre Sprache und Schrift gelernt?" eröffnete er. Sie antwortete: „Die Schrift kann ich zum Großteil verstehen. Die Sprache nur sehr wenig. Die Aussprache ist für uns Menschen kaum nach zu ahmen. Nun, was kann ich über die Worahbes erzählen. Ihren Anfang nahm alles mit ihrem Anführer, den Ältesten, den sie Worahmo nennen. Torahto hat mir erzählt, dass seine Herkunft nicht bekannt ist. In ihm fließt das Blut der Unsterblichkeit. Sein Herz hört niemals auf zu schlagen, seine Organe hören niemals auf zu arbeiten. Waffen verletzten ihn, Klingen durchbohrten ihn, doch seine Wunden verheilten und vernarbten. Sein Blut gab er an sein Volk weiter welches er in all seiner Bescheidenheit nach ihm selbst benannte. Wenn man seine Geschichte betrachtet, kann man von folgenden ausgehen, sein Ziel ist es, die Worahbes zu den einzigen höheren Wesen allerorts zu machen. Er löschte Zivilisation um Zivilisation aus und ersetzte einheimische Wesen durch seine Worahbes. Er schrieb die Regeln des hehren Monstrosah damit sein Volk, auch wenn er fern von ihnen ist, nach seinem Willen agiert und lebt." Sie erreichten den Hang und waren schon dabei diesen zu besteigen. Brunhilde war schon ganz oben, winkte herunter und schrie: „Beeilt euch ihr Schnecken!" „Wissen sie, was in diesem Monstrosah geschrieben steht?" „Nur noch sehr vage, aber ich erinnere mich daran, dass mir danach klar war, warum die Worahbes so sind, wie sie sind, und warum sie tun was sie tun, und warum sie es so tun, wie sie es tun." „Na endlich!" maulte Jakobs kleine Schwester, „Ich hätte schon längst unten sein können und schon wieder heroben!" „Du nimmst den Mund ja ganz schön voll! Wird Zeit, dass jemand mit dir Schlitten fährt!" verkündete der Junge. Brunhilde lachte und schwang sich auf ihre Rodel „Das, und nichts anderes will ich ja die ganze Zeit, du Esel! Jetzt macht schon!" Jakob setzte sich vorne auf den Schlitten, die Magd nahm hinter ihm Platz. „Seid ihr bereit, Fräulein Annaliese?" fragte er. Die junge Frau sah den Hang hinunter, klammerte sich an seinem geerbten Mantel fest und sagte lachend: „Ja... Gott steh' mir bei!" „Und wie steht's mit dir, Knödelchen, bist du bereit?" fragte er an seine Schwester gewandt. „Schon seit jeher! Ich frage mich nur, ob ich nicht gnädig sein soll und euch ein wenig Vorsprung geben soll?" gab sie herausfordernd zurück. „Na warte! Den brauchen wir nicht, wir zeigen's dir auch so!" Mit diesen Worten packte er fest die Stricke des Schlittens und zählte das Rennen ein. „Auf die Plätze... Fertig..." „Hilfe..." kicherte Annaliese und vergrub ihr Gesicht in Jakobs Mantel „Los!" brüllte er und zeitgleich mit seiner kleinen Schwester traten sie sich los. Sogleich setzten sich die Schlitten in Bewegung und gewannen schnell eine beachtliche Geschwindigkeit. Kopf an Kopf rasten sie eine Weile den Hang hinunter und spürten den weggestobenen Schnee des jeweils anderen auf ihren Gesichtern. Annaliese kreischte und lachte zugleich. Jakob und Brunhilde schlug kalte Luft ins Gesicht die ihre Augen zum Tränen brachten. Ihre Schlitten näherten sich einem Busch, Brunhilde wich diesem geschickt auf der rechten Seite aus. Jakob fuhr links daran vorbei, streifte jedoch ein wenig an seinen Ästen und verlor dadurch die Kontrolle über sein Gefährt. Ein zweiter Busch beendete die wilde Jagd. Der Schlitten rauschte direkt in das Gestrüpp und Jakob sowie auch Annaliese segelten kurz darauf über den Busch durch die Luft. Sie landeten weich im Schnee und überschlugen sich mehrmals über diesen und übereinander. Schließlich blieben sie liegen. Annaliese lag auf Jakob, dessen Kopf ganz von Schnee verschüttet war. Lachend wischte sie diesen aus seinem Gesicht. Auch ihr zerzaustes blondes Haar glitzerte, weil es voller funkelnder Schneekristalle war. Ihr Gesicht war von der kalten Luft gerötet und ihr Lachen machte sie schöner als je zuvor. Jakobs Herz übersprang einen Schlag und es verlangte ihn die junge Frau zu küssen. „Alles in Ordnung bei ihnen, Jakob?" fragte die Maid, die durch sein ernstes, nachdenkliches Gesicht irritiert war. Der Jungbauer kam wieder zu sich und meinte heiter: „Ja, ich bin wohl auf." Er kämpfte sich hoch und half seiner Beifahrerin auf die Beine. Ihre strahlenden enzianblauen Augen gaben ihm den Rest und ließen sein Verlangen von eben erneut aufkochen. Langsam hob er seine Hand und wollte sie vorsichtig... Ja wohin wollte er sie eigentlich legen? Fragte er sich mit einem Mal. Sanft auf ihre Wange? Um zu sehen, wie sie reagiert, oder doch lieber auf die Schulter? „Ich glaube wenn ich Resi auf den Schlitten setzen würde hätte ich einen Gegner, der ernster zu nehmen ist." Hörte er die Stimme seiner kleinen Schwester und die Gelegenheit war somit verstrichen. Sie putzten sich den

Schnee von den Mänteln und stapften anschließend wieder den Hang hinauf. Während sie das taten, sagte Jakob zu Annaliese. „Weißt du, an was ich gerade dachte?" „Dass wir für Schlittenrennen doch etwas zu alt sind?" fragte sie. „Das auch." Gestand er, „Aber ich dachte an dieses Schriftstück der Worahbes." „Das Monstrosah." „Ja, ich dachte, wenn wir eines davon in die Hände bekämen und es übersetzen, könnten wir die Schweigensender mehr über das Wesen der Kreaturen aufklären. Sie könnten es doch übersetzen oder Fräulein Annaliese?" Sie waren wieder an der Spitze des Hanges angekommen. „Ja, ich denke, dass ich das meiste davon übersetzen kann, aber wie wollen wir an ein Exemplar herankommen?" fragte die Maid. Der Jungbauer deutete den Hang zu ihrer Linken hinunter auf die Himmelskutsche. „Die Brezita. Sie steht leer, weil alle Worahbes in der Dorfkirche gastieren. Und sie ist offen. Da drinnen müssen doch massenhaft davon zu finden sein." Die Ausgelassenheit verschwand aus Annalieses Gesicht. „Sie wollen sich dort hineinschleichen? Sind sie von Sinnen?" Er stemmte die Hände in die Hüfte und fixierte die steinerne Träne. „Ich gehe in der Nacht.

Niemand wird es bemerken!" „Oh weh! Ich fürchte sie haben sich zuvor den Kopf gestoßen guter Mann" meinte die Maid besorgt. Dann schwangen sie sich erneut auf den Schlitten und fuhren den Hang hinab, dieses Mal jedoch ihrem Alter angemessen mit Vorsicht und Bedacht. Sie fuhren noch einige Male. Brunhilde bestand darauf auch einmal mit Fräulein Annaliese zu fahren. Die beiden Mädchen kreischten und jubilierten, als sie über den Schnee düsten. Seine kleine Schwester fröhlich zu sehen machte Jakob glücklich und zufrieden. Als es zu dämmern begann, machten sie sich auf den Heimweg. Der Jungbauer wandte sich an Fräulein Hofstadler. „Danke, dass sie heute mitgekommen sind. Ich denke, sie haben meiner Schwester eine große Freude gemacht." „Glauben sie mir Jakob, die Freude war ganz meinerseits!" entgegnete sie und fügte hinzu „Ja, ich fühlte mich wieder als sei ich in Brunhildes Alter." Jakob schmunzelte lakonisch. „Für wahr, die Zeit der Kindheit ist sehr flüchtig. Und über der von Brunhilde hängt noch dazu eine schwarze Wolke in Form des Verlustes unseres Vaters. Ich wünschte so sehr dieser Schicksalsschlag wäre ihr erspart geblieben." offenbarte er ihr und verlor sich anschließend in Gedanken.

Es war kurz nach Mitternacht als Jakob sich aus dem Haus schlich. Er nahm eine Öllampe und ein Beil aus der Küche, dieses eigentlich für das Zerlegen von Fleisch gedacht war, mit auf seinen nächtlichen Ausflug. Er eilte über den Hof. Nur der Mond spendete ihn etwas Licht. Der Junge nahm ein Gefühl in sich wahr, was er noch nie zuvor verspürt hatte. Es war wie ein Brodeln, ein Prickeln. Es überraschte ihn sehr, dass es sich alles andere als schlecht anfühlte. Schließlich war er im Begriff etwas gefährliches, ja geradezu leichtsinniges zu unternehmen. Ja, sein Herz schlug schneller als sonst, und doch fühlte es sich so gut und richtig an. Er erreichte Nachbar Grünzweigs Rübenacker. Geduckt näherte er sich der Brezita. Nach wie vor lag sie angeschneit und aufgefächert, auf jenem Flecken Erde, auf welchen sie vor einigen Nächten gelandet war. Als der Jungbauer direkt vor dem massiven Konstrukt stand, welches ihm ein Gefühl von Ehrfurcht bereitete, verspürte er auch zum ersten Mal Zweifel, was sein Vorhaben betraf. Er berührte das unbekannte Gestein und dachte daran was seinem Dorf bevor stünde. An alles was von seinen Vorvätern erbaut wurde, an all die Felder, die kultiviert wurden und nicht zuletzt an die Zukunft seiner kleinen Schwester, die es, wenn es Schweigensend so erginge wie Einfaltshausen, nicht mehr geben würde. Seine Gedanken ermannten ihn und er kletterte auf die Himmelskutsche. Er war noch nicht allzu weit gekommen, als er plötzlich über sich Klackgeräusche wahrnahm. Instinktiv brachte er sich in Deckung indem er unter eine jener steinernen Schuppen rutschte, die ihn an Rosenblätter erinnerten. Ein Worahbes schritt die Brezita herunter. Die Kreatur atmete schwer und war aufgedunsen. Klackend und schmatzend setzte das Wesen seinen Weg nach unten fort, ohne den Jungen zu bemerken. Jakob wartete mit geschlossenen Augen noch eine Weile. Als er der Meinung war, dass die Luft rein war, kroch er unter der großen Schuppe hervor und als er sich aufrappelte stand eine Gestalt vor ihn und der Schrecken fuhr ihn durch alle Glieder. Doch dann erkannte er die Gestalt. „Annaliese, was machen sie denn hier?" „Sie wollen also ihren verrückten Plan wirklich in die Tat umsetzen. Ich begleite sie, ich kann sie doch schließlich nicht allein in das Reich der Finsternis gehen lassen. Außerdem wüssten sie nicht einmal, wie das Monstrosah aussieht und würden es nicht einmal finden, wenn ein Exemplar sich direkt vor ihnen befände." Erklärte die Magd. „Da... Da haben sie Recht. Soweit habe ich gar nicht gedacht." Gestand der Jungbauer. Annaliese verdrehte ihre enzianblauen Augen „Jakob, sie sind ein Narr. Aber ein beherzter Narr. Kommen sie, bringen wir die Sache hinter uns. Je eher wir das Monstrosah haben desto schneller können wir wieder weg von hier." Daraufhin erklommen die Beiden die letzten Stufen aus Stein und erreichten den Schacht des kegelförmigen Konstrukts. Jakob entzündete mit einem Schwefelhölzchen die Öllampe, anschließend traten sie durch die Pforte. Eine lange gewundene Treppe führte sie hinab in das Innere der Brezita. Im gegengesetzten Uhrzeigersinn stiegen sie Stufe um Stufe hinab. „Diese Treppe muss der äußerste Rand innerhalb der Brezita sein." stellte Jakob fest. Und endlich öffnete sich zu ihrer linken der Einlass zu der obersten Ebene. Die Öllampe des Jungen ließ sie erkennen, dass es hier eine Menge Geräte, Instrumente und anderweitige Konstruktionen gab, deren

Funktionsweise sie nicht verstanden. Sie erahnten nur den Zweck dieser Ebene. Sie musste der Steuerung der Himmelskutsche dienen. Der Junge konnte nicht anders als einige Gerätschaften genauer zu inspizieren. Annaliese erinnerte ihn jedoch an das Ziel ihres Aufenthaltes und ließ damit Jakobs Wissensdurst für die unbekannte Technik enden. Wieder besonnen auf das Wesentliche verließ er mit der Maid die Steuerzentrale und marschierte mit ihr weiter die Treppen hinunter. Die nächste Ebene zu der sie kamen war in mehrere kleinere Bereiche unterteilt. In jede dieser Räumlichkeiten gab es zahlreiche Vertiefungen in die Wände aus Gestein. Jede bot eine Sitzfläche und zu beiden Seiten davon zwei Löcher. Auch auf dem Boden gab es diese zwei Löcher. Die Dienstmagd erinnerte Jakob daran, dass ihr Torahto erzählte, dass die Worahbes in ihren Reisen, welche oft Jahrhunderte dauerten, mit dem Gestein der Brezita regelrecht verschmolzen. Sie mutmaßte, dass diese Sitzgelegenheiten für diese Prozedur vorgesehen waren. In jeden Raum fanden sie auf Tischen verschiedene Objekte, persönliche Besitztümer oder geplünderte Gegenstände. Sie sahen schimmernde Schmuckstücke geschmiedet von einer fremden Zivilisation, mit fluoreszierenden Edelsteinen verziert. Vollkommen glatte, dünne Steine, welche summende Geräusche von sich gaben. Oftmals fand man zwischen der Beute auch silbrige Haare, die zu langen Bändern geflochten waren. An einer Wand konnte Jakob den skelettierten Schädel eines Riesens sehen. Die Ähnlichkeit mit den Schädeln von Menschen war erstaunlich, nur dass der des Riesen fünf Mal so groß war und Öffnungen von vier Augen hatte. „Eines für jede Himmelsrichtung." bemerkte der Jungbauer. Auf einer anderen Ablage sah er ein Exemplar einer fremdartigen Pflanze. Purpurrote spitze Blätter ragten nach allen Seiten. Vereinzelt gab es kleine Blüten in einem helleren Rot deren Blätter wiederum mehr an Gefieder erinnerten. Neugierig schnupperte er daran. Enttäuscht ging er weiter, sie rochen nach Verwesung. Annaliese schenkte den Gegenständen keine Beachtung, sie konzentrierte sich lediglich auf die Schriftstücke. Die Worahbes schrieben nicht auf Papier, sondern auf den gegerbten Häuten irgendwelcher bedauernswerter Geschöpfe. Diese sie vermutlich einst ebenso infiltriert hatten wie die Menschen, ihnen das

Leben nahmen, ihr Blut tranken und deren Körper weiter verwerteten. Das Schreiben auf jenen hellen, dünnen und doch robusten Häuten war ein anstrengendes verfahren. Torahto nannte es ein Schreiben mit Hitze. Allerdings erleichterte das die Suche der Dienstmagd, denn es resultierte darin, dass die Worahbes nicht besonders viel schrieben. Die junge Frau fand nur wenige zusammengenähte Häute, die aussahen wie Bücher aus der Hölle. Sie entzifferte Titel und erkannte, dass es sich dabei lediglich um Geschichten und Gedichte handelte. Jedoch Lieder fand sie keine in den Aufzeichnungen. Das überrascht sie nicht, denn sie wusste, die Worahbes hassten Lieder und Musik. Torahto hörte Annaliese jedoch gerne zu, wenn sie sang, und bat sie hie und da um ein Ständchen. Anfangs war er ungehalten, erinnerte sich die Maid, es war im unangenehm ihren Tönen zu lauschen, wenn sie ein Lied anstimmte. Aber mit der Zeit mochte er es mehr und mehr. Sie legte die Letzte dicke Häutesammlung zurück an ihren Platz. „Nichts!" sagte sie nachdenklich. Aber zumal sie nicht vorhatten mit leeren Händen die Brezita zu verlassen gingen sie noch eine Ebene tiefer. Es war ihnen schon auf der zweiten Ebene aufgefallen, dass sich die Temperatur erhöht hatte, allerdings war es eine trockene moderate Luft gewesen. Auf den Weg hinunter zu der dritten Ebene nahm die Luftfeuchtigkeit drastisch zu und es wurde sogar leicht stickig. Selbst das Gestein schien zu schwitzen. Diese Ebene schien so eine Art Versammlungsraum zu sein. Hatte es nicht geheißen in der Brezita wäre es eiskalt? In der Dorfkirche hatten es die Worahbes bei weiten nicht so warm. Lügen, Lügen und noch mehr Lügen, dachte Jakob. Im ganzen Raum waren Kissen ausgelegt und in deren Mitte ein Podest, über jenem ein Licht spendender Gesteinsbrocken angebracht war. „Hier hält Worahmo seine Reden und lässt sich von seinen Kindern verehren, dessen bin ich mir sicher!" erklärte Annaliese. Auch hier gab es Anrichten an der Wand. Jakob sah eine Schale voll von kleinen glitzernden Kristallen. Aufgeregt berührte er die Schulter der Magd und deutete auf das Gefäß: „Fräulein Annaliese, sehen sie! Sind das..." „Ja!" beantwortete sie seine Frage, bevor er sie stellen konnte. Und sie verfluchte in Gedanken diesen elenden Staub des Himmelszelts und als sie den Blick abwendete, fiel ihr Augenmerk auf den tiefroten Umschlag einer Häutesammlung. „Das ist es!" hauchte sie freudig. Sie schnappte es sich von der Ablage und schlug es auf. „In der Tat, es besteht kein Zweifel, das ist der hehre Monstrosah." Jakob wischte sich den Schweiß von der Stirn und meinte: „Gott sei Dank, dann lass uns hier abhauen, die Hitze macht mich fertig!" Sie nickte zustimmend und sogleich begonnen sie die Treppe zu erklimmen. Nach einigen Stufen jedoch hob Fräulein Hofstadler den Arm und hieß Jakob stehen zu bleiben. Was ist los? Wollte er fragen, wurde aber noch bevor er einen Ton von sich geben konnte von dem Finger den Annaliese sich auf den Mund legte daran gehindert. Sie lauschten. Es stimmte, er hörte es auch. Für einen Moment glaubte Jakob es sei das Tropfen der Flüssigkeit, die von den Wänden auf die Stufen fielen, doch dann hörte er das Klacksen und Schmatzen. Sie mussten zurück. Der Versammlungsraum bot kaum Orte um sich zu verstecken und noch dazu war da der schimmernde Gesteinsbrocken, der den Raum leicht erhellte. Die Treppe führte noch weiter in die Brezita hinunter, das musste dann die unterste Ebene sein, schätzte der Junge die Größe der

Himmelskutsche ab. Aber sie wussten nicht, was dort unten war und ob es dort vielleicht noch ungünstiger war, um sich zu verstecken. Die Anrichte auf dem der Staub des Himmelszelts lag schien Jakob die beste Option zu sein. So verkrochen sich beide darunter und löschten das Licht der Öllampe. Dann lauschten sie wieder. Bald schon hörten sie die Schritte des Wesens. Stufe für Stufe tapste es herunter schmatzend, knacksend und schwer atmend. Der Worahbes hatte das Ende der Treppe erreicht und watschelte langsam weiter um zur nächsten Treppe, die zum Untergeschoss führte zu kommen. Es war dasselbe aufgedunsene Geschöpf, vor welchem er sich schon außerhalb der Brezita verstecken musste, erkannte der Bauernbursche. Kurz bevor es die Treppe erreichte, stockte der Atem der Kreatur. Jakob und Annaliese zuckten zusammen, weil sie befürchteten entdeckt worden zu sein. Doch das Wesen stützte sich an die feuchte Wand, sein Atem wurde noch schwerer, Schmerz lag darin. Der Worahbes hielt sich den Bauch und ging in die Knie. Er zischte, schmatzte und röhrte sogar leicht. Aus dem Hinterteil der Kreatur schob sich eine hellrosa Blase, welche nass von violetter Flüssigkeit- und mit lilafarbenen Adern vernetzt war. „Großer Gott, das Ding ist trächtig." dachte der Jungbauer, welcher mit derartigen Prozeduren schon seit seiner frühesten Kindheit vertraut war. Einige tiefe Atemzüge und angestrengtes Drücken später platschte die ganz gebliebene Fruchtblase auf den steinernen Boden. Ein Schwall schwarzer Schleim folgte aus dem Rektum des Wesens und spritzte über die Blase und den Boden. Der Schmerz des Worahbes hatte sichtlich nachgelassen, auch war er nicht mehr so aufgedunsen wie zuvor. Immer noch kniend drehte er sich um und begann den schwarzen Schleim von der Blase und den Boden zu lecken. Als er den Ort zu seiner Zufriedenheit gereinigt hatte, nahm er behutsam die Blase, welche sich leicht bewegte, und ging damit die Treppe hinunter. „Was zur Hölle? Jakob, war dass das was ich denke?" flüsterte Annaliese aufgeregt. „Ich denke, ja." Gab er zurück, kroch dann unter der Anrichte hervor und schlich zu der Treppe und blickte hinab. Die junge Frau packte ihn an seinem Arm. „Komm, wir haben, was wir wollten, lass uns hier abhauen." Zischte sie in sein Ohr. Doch er befreite sich aus ihrem Griff.

„Nur einen kurzen Blick. Ich möchte wissen, was dort unten ist. Bist du denn nicht neugierig? Sie wussten doch auch nicht, dass die Worahbes gebären können." „Nein, Jakob… Ja, schon… aber nein… Das ist zu gefährlich. Lass uns besser gehen." bestand Fräulein Hofstadler. „Hier! Nehmen sie die Lampe und gehen sie voraus, ich muss mir das einfach ansehen." wisperte er, und ehe sie es sich versah, huschte er schon die Treppen die zur untersten Ebene führten hinab. „Himmel, Arsch und Zwirn." fluchte die Maid leise und trat unentschlossen von einem Fuß auf den anderen. Der Jungbauer erreichte das endgültige Ende der Treppe und am liebsten hätte er sich augenblicklich den Mantel ausgezogen. Hier herrschte eine hochsommerliche Hitze. Er warf einen vorsichtigen Blick hinter der Wand hervor. Wie bisher die Treppe beschrieb der erste Raum ebenso ringförmig den äußersten Rand der Brezita. Hier gab es zahlreiche kleine Hügel. Allerdings waren sie aus demselben Gestein wie die Brezita und waren hohl wie Bottiche. Gefüllt waren sie mit einer gelben Flüssigkeit, welche dampfte und blubberte. „Jede Wette, dass von diesen Objekten die Hitze kommt."

spekulierte Jakob in Gedanken. In der Mitte dieses ringförmigen Raumes war noch ein zweiter Raum, diesen der Worahbes gerade betrat. In diesen Raum gelang man allerdings nicht durch einen Durchgang, wie es bei allen anderen Räumen hier der Fall gewesen war, sondern durch eine Art Fenster durch, dass man steigen musste. Der Jungbauer hörte hinter sich Schritte. Kurz blieb ihm das Herz stehen, bis er merkte, dass es Annaliese war, die sich doch entschlossen hatte mit zu kommen. Gebückt huschte er so leise er konnte durch den ersten Raum und schaute verstohlen durch das, was für ihn wie ein Fenster wirkte. Es war ein Anblick, an den er sich noch als alter Mann erinnern würde. Der Worahbes hatte die zuckende Blase auf den Boden gelegt, riss diese behutsam mit seinen Klauen auf und befreite sein Neugeborenes daraus. Dann setzte er es zu den mindestens hundert anderen Neugeborenen oder Kleinwüchsigen Worahbes, die freudig an den Haut und Fleischfetzen lutschten, welche einst Füße gewesen waren. Fünf erwachsene Menschen und vier Kinder hingen von der Decke und säugten gegen ihren Willen die Wesen. Annaliese erschrak, sie kannte ein paar von ihnen. Manche der Hängenden waren dermaßen ausgesaugt, dass man nur noch schwerlich deren Geschlecht feststellen konnte. Eine der jungen Frauen, die noch am frischesten aussah, an deren Fußstumpfen sich gerade mindestens fünfzehn Worahbes gütig taten hob den Kopf und blickte den Eindringlingen der Himmelskutsche mit fahlem Gesicht und schwarz unterlaufenden Augen ins Gesicht. „Paula" hauchte Annaliese und hielt sich schockiert die Hand vor den Mund. Der Vater des neugeborenen Wesens hob den Kopf. Gab Klackgeräusche von sich und schnüffelte. Jakob berührte den Griff seines Beils, ließ aber nur einem Atemzug später davon ab, packte Annaliese am Arm und huschte mit ihr zurück zur Treppe. Dann rannten sie Selbige hinauf. „Das war Paula Stampfer. Sie hat noch gelebt! Jakob, sie hat noch gelebt! Wir müssen sie da rausholen!" forderte die Maid. Der Jungbauer verringerte weder seine Geschwindigkeit, noch entließ er Annaliese aus seinem Griff. Sie liefen nach oben vorbei an den Portalen zu der Versammlungsebene, der Gemächerebene und der Steuerebene. Bis sie schließlich durch den Eingangsschacht der Brezita rannten und ihnen eiskalte Nachtluft in ihre erhitzten Gesichtern entgegenschlug. Dampf stieg von ihren Häuptern auf, als sie die äußeren Treppen der Himmelskutsche hinunter jagten. Jakob zog die Magd noch einige Meter über den Acker, bis sie beide in den Schnee fielen und für einen Moment keuchend und schnaufend liegen blieben. „Annaliese..." brach er endlich sein Schweigen und ergriff ihre Hand, „...Es tut mir sehr leid um deine Freundin. Aber versteh doch, wir hätten ihr nicht mehr helfen können. Haben sie gesehen, wie viele von ihnen da drinnen waren? Ja, die meisten hatten erst die Hälfte ihrer Körpergröße, aber bei dieser Menge. Wir hätten keine Chance gehabt." Das Fräulein senkte den Blick. „Ich glaube sie haben Recht. Hätten wir es drauf ankommen lassen, würden wir vermutlich bereits neben den Leuten hängen..." Gestand sie ihm zu, hob den Kopf und sah ihn entschlossen in die Augen. „...Aber... Es muss etwas geschehen!" „Und das wird es auch!" versprach er ihr, nahm ihr das Monstrosah aus der Hand und hielt ihr es vor das Gesicht „Hier haben wir die Wahrheit über die Worahbes und wir werden sie den Schweigensendern bringen und ihnen auch davon erzählen was wir in der

109

Himmelskutsche gesehen haben!" Sie stimmte ihm mit einem inbrünstigen Nicken zu. Anschließend gingen sie heimwärts. Sie sagten nichts weiter als sie unterwegs waren. Beide waren in Gedanken bei dem, was sie eben erlebt hatten. Annaliese dachte an Paula, welche zwar nicht ihre Freundin war, aber doch eine Person die sie immer freundlich und anständig behandelt hatte. „So ein Ende hatte sie nicht verdient." Dachte die Dienstmagd. „Wir hätten ihnen nicht mehr helfen können... Wir hätten keine Chance gehabt... Hätten wir es darauf ankommen lassen, würden wir vermutlich bereits neben den Leuten hängen..." wiederholte sich das Gespräch in Jakobs Kopf. Unsicherheit stieg in ihm hoch und nagte an seiner Seele. „Oder? Hätten wir ihnen helfen können? Zumindest dieser Paula, die definitiv noch lebte? Wäre das Wesen was gerade geworfen hat so geschwächt gewesen, dass wir es überwältigen, hätten können. Und hätten die Halbwüchsigen vielleicht Angst vor uns gehabt, dass sie uns gar nicht erst angegriffen hätten? Hätten die schrecklichen Verletzungen geheilt werden können? War eines der Kinder vielleicht auch noch am Leben? Leben, dass wir hätten retten können?" Fragen die sich

Jakob auch noch als alter Mann in Nächten stellten in denen er keinen Schlaf finden konnte, doch Antworten würde er darauf nie erhalten. Er hatte getan was er für richtig hielt. Er hatte sich entschieden. Eine Entscheidung, mit der er leben musste.

Der Jungbauer und die Maid stapften müde über den Hof, vorbei an dem Pfeife rauchenden Schneemann. Jakob griff nach der Klinke der Haustüre und musste feststellen, dass diese offen stand. Annaliese erkannte seine Verwirrung und versicherte ihm, dass sie diese ganz sicher hinter sich geschlossen hatte, als sie ihm folgte. Schönfelder Junior war mit einem Male wieder putzmunter. Mit zugeschnürter Kehle drückte er vorsichtig mit seinem Stiefel die Tür auf und trat ein. Die Uhr an der Wand verkündete, dass es dreiundzwanzig Minuten nach ein Uhr war. Leise zog er sich seinen Mantel aus und Fräulein Hofstadler stellte die Öllampe in einen Schrank. Das Monstrosah hielt sie allerdings weiter mit beiden Händen umklammert. In diesem Moment hörten sie von oben ein Poltern gefolgt von einem gellenden Schrei, der von Brunhilde stammte. Jakob packte das Beil und hetzte die Stufen hinauf. Der Lärm kam aus dem Elternzimmer, in welchem seit nunmehr drei Jahren seine Mutter allein schlief. Er stürzte in das Zimmer. Ein Worahbes hatte Brunhilde mit seinen Klauen an der Schulter gepackt und war mit ihr gemeinsam gegen ein Regal gestürzt. Sie lagen am Boden, Bücher waren auf sie herab gefallen. Das Wesen hatte eine blutverschmierte Schnauze und zischte wütend. Das kleine blonde Mädchen wehrte sich, schrie und strangulierte die Kreatur. Ihr Bruder kam ihr zu Hilfe. Holte mit dem Beil aus und schlug damit so fest er konnte auf den Arm des Wesens. Es röhrte und gurgelte vor Schmerz, lies von dem Mädchen ab und schlug mit seinem gesunden Arm auf den Jungbauern ein. Jakob wurde von der Wucht quer durchs Zimmer geschleudert. Nie hätte er bei der dünnen, zerbrechlich wirkenden Statur der Worahbes mit einer solchen Kraft gerechnet. Der Eindringling hielt sich seinen verletzten Arm, seine Hand mitsamt dem halben Unterarm war beinahe abgetrennt und hing nur noch an einem Muskelstrang. Als der Worahbes begriff wie schwer er verletzt war wurde er von Zorn erfüllt und startete auf den Jungen los. Annaliese bekam seinen verletzten

Unterarm zu fassen und riss diesen endgültig ab. Der Schmerz, der daraufhin das Wesen erneut durchfuhr, gab Jakob genug Zeit um sich aufzurappeln und wieder mit dem Beil aus zu holen. Er schlug zu und trieb es tief in den Kopf der Kreatur. Das Beil drang durch den Stirnknochen spaltete dessen Schädel und linkes Auge. Nachdem es erneut ohrenbetäubende Schmerzgeräusche von sich gelassen hatte, entschied es sich für den Rückzug. Seinem Armstumpf haltend und dem Beil in seinem Schädel steckend flüchtete es wankend aus dem Zimmer, die Treppe hinunter und aus dem Haus. „Jakob!" schrie die kleine Brunhilde und sprang heulend in die Arme ihres großen Bruders. „Bist du verletzt Knödelchen?" fragte er zitternd. Sein Kopf war gegen den Kleiderkasten geknallt. Auf seiner Stirn hatte er eine Wunde aus der Blut floss. Es lief ihn über die Stirn hinunter in sein rechtes Auge, welches er daraufhin schließen musste. „Nein, aber Mama!" weinte das Kind verzweifelt. Jetzt erst sah er, was das fremde Biest angerichtet hatte. „Annaliese, bitte helfen sie mir und kümmern sie sich um Brunhilde!" bat er die junge Frau laut welche wie versteinert neben der Türe und auch neben sich selbst stand. In der Hand hielt sie immer noch den Arm, den sie dem Worahbes ausgerissen hatte und starrte ihren Gastgeber entgeistert an. „Annaliese, bitte!" schrie Jakob. Worauf sie wieder zu sich kam und die abgetrennte Gliedmaße fallen ließ und das kleine Mädchen in die Arme nahm. Jakob hechtete zum Bett. Die Augen seiner Mutter waren weit aufgerissen und starrten reaktionslos zur Zimmerdecke. An ihrem Hals waren Bissspuren von dem Worahbes, welche stark bluteten. Der Junge zerriss ihre Bettdecke und wickelte ein Band davon fest genug um ihren Hals um die Blutung zu stoppen aber nicht zu fest, damit sie noch Luft bekam. „Sie lebt!" sagte er erleichtert „Aber ich muss sie ins Dorf zu Medikus Stiefsohn bringen. Brunhilde hör' mir zu, du gehst jetzt mit Fräulein Annaliese in dein Zimmer, dort ziehst du dir warme Sachen an. Ihr kommt mit ins Dorf, ich lasse euch hier nicht allein zurück! Los jetzt!" befahl er. Die Beiden taten wie ihnen geheißen. Jakob selbst schnappte sich den Arm des Worahbes wickelte diesen in ein Tuch und seine Mutter in eine warme Decke. „Es wir alles gut, Mama." Flüsterte er ihr ins Ohr, als er sie aus dem Bett hob. Sie nahm ihn jedoch nicht einmal wahr.

Margot Schönfelder starrte geistesabwesend in den nächtlichen Himmel in welchen tausende Sterne funkelten. Ihr Sohn trug sie, die Sorgen, die er um sie hatte, wogen allerdings schwerer als seine Mutter selbst. Hinter ihnen stapfte Fräulein Annaliese durch den Schnee, an der Hand hielt sie Brunhilde, die sich ihre dicke hellblaue Jacke angezogen hatte. In der anderen Hand hielt die Dienstmagd eine Axt mit der Jakob ansonsten das Holz hackte. Er hatte darauf bestanden, dass sie nicht unbewaffnet ins Dorf gingen. Des Weiteren hatte sich die Maid eine Tasche um die Schulter geworfen. Darin hatte sie den hehren Monstrosah, Papier, Feder und Tusche. Sie war gewillt die Übersetzung noch in dieser Nacht zu beginnen. Die kleine winternächtliche Wandergemeinschaft erreichte Schweigensend und stand kurz darauf vor dem Haus des Heilkundigen. Zu Schönfelders Überraschung brannte noch Licht im Untergeschoss, das machte es für ihn leichter zu einer solchen Stunde bei dem Gelehrten zu klopfen. „Bissverletzung?" Fragte der Medikus, als der die Türe öffnete. Überrumpelt bestätigte der Jungbauer den Verdacht des Mediziners, der sie daraufhin bat einzutreten. Der Junge legte seine Mutter auf dem Behandlungstisch ab und Doktor Stiefsohn begann sogleich den Stofffetzen vom Hals seiner neuen Patientin zu entfernen. Die Wunde fing sofort wieder an zu bluten. „Muss genäht werden." Sagte der Medikus kurz angebunden. Brunhilde und Annaliese nahmen auf Stühlen Platz. Während Jakob den Heilkundler assistierte, öffnete die Dienstmagd das geheiligte Schriftstück der Worahbes und las die Glyphen, die sie in den letzten Monaten studiert hatte. Brunhilde sah interessiert in das seltsame Buch und auf die eigenartigen Schriftzeichen, die sie nicht kannte und döste bald darauf ein. Die Augen des Jungbauern füllten sich mit Tränen als der Mediziner, nachdem er die Wunde gesäubert hatte, begann die Nahtfäden zu setzen und sie durch die Haut seiner Mutter zog. Als der Heilkundige mit seiner Behandlung fertig war, wandte er sich an Jakob und sagte: „Nun, ihre Frau Mutter ist fürs Erste gut versorgt. Sie kann sich hier noch bis zum Morgen ausruhen, doch leider muss ich ihnen mitteilen, dass ein längerer Aufenthalt in meiner Praxis nicht möglich ist. Unsere Betten sind begrenzt und werden für schwerere Fälle gebraucht!" „Schwerere Fälle?!" empörte sich der

116

Bauernbursche. „Ja, bei den Verletzungen, die ich in den letzten vierundzwanzig Stunden gesehen habe, ist ihre Mutter eine der Glücklicheren gewesen, das kann ich ihnen versichern." entgegnete der Arzt „Mehr Verletzte von den Worahbes?" fragte Jakob doch der Doktor schüttelte seinen Kopf „Tut mir Leid, Herr Schönfelder, ich kann ihnen diese Frage nicht beantworten. Besser gesagt ich darf ihnen diese Frage nicht beantworten. Ich wurde nachdrücklich daran erinnert, dass ich an meine Schweigepflicht gebunden sei. Und ich habe keine Interesse daran meine Praxis, welche zugleich mein Heim ist zu verlieren. Aber ich kann ihnen sagen, was sich zurzeit in Schweigensend abspielt, ist das Schlimmste was ich je in Zeiten des Friedens erlebt habe." Gestand der Medikus. „Verstehe..." sagte Jakob nickend, „...ich habe noch einen Weg, doch morgen früh bin ich spätestens zurück und hole meine Mutter ab. Ich empfehle mich!" mit diesen Worten verabschiedete er sich von dem Mediziner und unterhielt sich noch kurz mit Annaliese bevor er die Ordination verlies.

Kurz darauf klopfte er an die Holztür der Wachstube. Ein Gehilfe öffnete und lies ihn eintreten. Der Wachtmeister Norbert Grünzweig, welcher der jüngere Bruder von Jakobs Nachbar war, saß an seinem Arbeitstisch und sah kurz hoch, als der Jungbauer vor ihm zu stehen kam. „Was kann ich für sie tun, Herr Schönfelder?" fragte der oberste Beamte. „Ich möchte eine Anzeige aufgeben!" eröffnete der Junge. „Gewiss, nun, sprechen sie, was ist denn passiert?" „Einer von den Worahbes drang vor ungefähr zwei Stunden in unser Haus ein. Biss meine Mutter und verletzte meine kleine Schwester." erzählte Jakob. „Vor zwei Stunden?" fragte Grünzweig, „Sie haben sich ja reichlich Zeit gelassen mit der Anzeige!" „Ich musste meine Mutter zuerst zum Heilkundler bringen und diesen bei der Behandlung assistieren." erklärte der Bursche. Der Wachtmeister kratze sich den Kopf und seufzte. „Also jemand ist in ihr Haus eingedrungen, den Schönfelder Hof. Mitten in der Nacht, also war es sehr dunkel, können sie da wirklich sicher sein, dass es sich bei dem Täter um einen Worahbes gehandelt hat?" Forschte der Beamte nach. „Verdammt noch einmal, ja! Hier beißt sonst niemand andere Leute als diese Kreaturen." „Bitte mäßigen sie sich, Herr Schönfelder. Also nun gut, sie sagen, sie sind sich sicher, dass es sich bei dem Täter um einen Worahbes gehandelt hat. Ich nehme nicht an, dass sie das beweisen können, und bevor sie mir mit den Bissmalen ihrer Mutter kommen, diese sind allzu leicht fälschbar und können nicht als ernst zu nehmende Beweise betrachtet werden." Jakob wurde wütend, griff in seinen Mantel holte das Tuch heraus und ließ den darin eingewickelten Arm des Wesens auf den Tisch des Wachtmeisters plumpsen. „Ist das für sie Beweis genug? Ich habe dem Mistvieh seinen dreckigen Arm abgehackt, mit dem er sich an meiner Schwester vergriffen hat!" Norbert Grünzweig warf einen Blick hinter Jakob und war sich nicht sicher, ob noch jemand vom Wachpersonal in der Stube war. Er packte Jakobs Mantel und den Arm und knurrte zornig „Kommen sie mit, sie verdammter Narr!" und zog ihn in eine Abstellkammer. „Sind sie verrückt? Sie haben einen von den Dingern verstümmelt? Ich müsste sie dafür eigentlich unter Arrest stellen, ist ihnen das klar? Sind sie so blind oder so blöd, dass sie nicht sehen können, dass das Oberhaupt seine schützenden Hände über die Geschöpfe hat. Wir dürfen keine Anzeigen aufnehmen, wenn Worahbes sich etwas zuschulden kommen lassen... was sie schließlich auch tun. Hol sie der Teufel, wir haben Verletzte, Schwerverletzte, Vermisste und Tote. Aber wir dürfen kein Wort darüber verlieren." klärte ihn der Wachtmeister auf. „Warum nicht?" fragte der Jungbauer. „Weil das eine schlechte Stimmung gegen unsere Gäste machen würde." „Aber die Leute müssen doch erfahren, dass sie in Gefahr sind!" bestand Jakob. „Oh, keine Sorge, das tun sie, mein Freund, das tun sie." Der Beamte drückte den Jungen einen Zettel in die Hand „Gehen sie dorthin. Mehr kann ich für sie nicht tun. Nicht im Moment. Mir sind die Hände gebunden. Aber dort finden sie die Hilfe, die sie brauchen. Wenn sie dort sind und man sie an der Türe fragt, antworten sie mit den Worten: >Nein, wir müssen etwas tun< Dann wird man sich um sie kümmern. Und das hier..." er hob den abgetrennten Arm „...lasse ich für sie verschwinden! Gehen sie jetzt!" Verwirrt und verunsichert nahm der Bauernbursche den Zettel an sich, verließ die Abstellkammer und die Wachstube.

Jakob stand in einer Seitengasse, als er den Zettel auffaltete und die Adresse im Lichte des

Mondes las. Das ist das Kornlager des Dorfes, dachte er und eilte davon. An dem nordöstlichen Ende des Dorfes stand der Speicher, eine große Scheune. Kurze Unsicherheit überkam den Jungen. Könnte das eine Falle sein? Hätte er Annaliese sagen sollen wo er hin ging? Er schob diese Gedanken beiseite und klopfte beherzt an das Tor. Es dauerte nicht lange, bis er eine tiefe Stimme von innen hörte, die sprach: „Wahrlich schlimme Zeiten sind das. Es muss etwas geschehen!" Jakob verstand und antwortete mit der Losung: „Nein! WIR müssen etwas tun!" Das Tor öffnete sich einen Spalt und Johann Krieger, der Wirt, musterte den Hoferben. „So ein Enthusiasmus, das gefällt mir! So komme er herein, Freund." „Herr Krieger! Sie wären der Letzte, den ich hier erwartet hatte!" sprach der Bauernbursche, als er eintrat und das Tor hinter ihm verschlossen wurde. „Nun, jeder Bürger dessen Busen voller berechtigter Sorgen ist soll seinen Beitrag leisten und sich dem Unrecht entgegen zu stellen. Sei es nun auf die eine oder andere Weise. Und das Bohlwerk ist unsere Anlaufstelle, unsere Bastion, unser Schutzwall. Wo jeder den Beitrag leisten kann, für den er am besten geeignet ist. Ich wurde für den Empfang zwischen zwei Uhr nachts bis sechs Uhr morgens eingeteilt da diese Zeiten gut mit denen harmonieren in denen das Bierstüberl geschlossen ist." Der Junge sah sich um. Viele Leute waren in der Scheune zusammengekommen. Männer, Frauen, Kinder und Greise. Viele von ihnen bewaffnet. „Verstehe. Und wer führt diese Bewegung an?" fragte er. „So richtig Anführen tut hier niemand, aber derjenige, der das Bohlwerk ins Leben gerufen hat, ist wohl meine Wenigkeit." antwortete Markus Burgstaller, der Mühlenbesitzer. „Geller und seine Politik kann oder will den Bürger Schweigensend nicht mehr den Schutz gewähren, den sie verdienen. Also nehmen wir die Sache selbst in die Hand. Wir sind die rettende Wehr des Dorfes, wir werden täglich mehr und wir holen es uns wieder zurück!" erklärte er inbrünstig dann nahm er den Burschen näher in Augenschein und fragte: „Und junger Herr Schönfelder? Was hat sie dazu gebracht, aus der Illusion einer vorgegaukelten Sicherheit zu erwachen? Doch sicher nicht das Tageblatt oder die besänftigen Reden des Ausrufers?" „Nun, das ist eine längere Geschichte." begann Jakob und erzählte Burgstaller, welcher interessiert seiner Geschichte lauschte. Zwischendurch tranken sie zusammen ein Bier um ihre Kehlen zu befeuchten und als Schönfelder alles berichtet hatte was bis zu dieser Nacht geschehen ist legte der Mühlenbesitzer den Kopf in den Nacken und atmete tief aus. „Das ist ein ganz schöner Brocken, den sie da für uns haben. Aber zunächst einmal möchte ich ihnen mein aufrichtiges Beileid für ihre Frau Mutter aussprechen. Es hätte nie so weit kommen dürfen!" sagte er ernst. Der Bursche nickte, um zu zeigen, dass er seine Anteilnahme zu schätzen wusste. Dann fuhr Burgstaller fort: „Ich muss sagen dass mir einiges von ihrer Geschichte schon bekannt war. Die Sache mit Einfaltshausen hatte Danzer schon erwähnt. Dann sind sie also der besagte Bauer gewesen, der den Untersuchungsausritt in die Wege geleitet hatte." „In der Tat, aber warum spricht Knecht Danzer von diesen Dingen. Er ist doch Bürgermeister Geller ergeben, oder nicht." hinterfragte der Junge. Burgstaller lächelte mit halben Gesicht. „Für wahr, Danzer hält viel auf den Bürgermeister, besonders nach dem kleinen Gefallen, den er ihn erwiesen hatte. Jedoch hat der Besuch in Einfaltshausen gewisse Zweifel in ihm geweckt. Zweifel, die durch die Taten der Blutsauger bestätigt wurden. Er ist nun einer von uns und berichtet uns, was Geller plant. Er sagt, dass heute wieder eine Versammlung abgehalten werden soll. Das bringt uns nun zu ihrer Freundin. Dieser Dienstmagd aus Einfaltshausen. Glauben sie, sie wäre bereit vor den Leuten zu sprechen und zu erzählen, was sie im Nachbardorf erlebt hat?" „Ich kann selbstverständlich nichts versprechen, aber ich denke, dass sie gewillt ist, das zu tun. Deswegen ist sie schließlich zu uns gekommen in dieser verfluchten Nacht. Um uns zu warnen, damit wir nicht das gleiche Schicksal erleiden müssen... Was" „Was bereits angefangen hat bei uns stattzufinden, ich weiß, mein Freund." übernahm der Müller das Wort und fügte hinzu „Aber wir werden dieses Chaos beenden. Es wird genauso schnell vorbei sein, wie es über uns hereingebrochen ist. Und es muss bald sein, die Zahl der Nachkommen, wenn sie diese richtig abgeschätzt haben bereitet mir Sorgen. Wenn sie in dieser kurzen Zeit so viele Geschöpfe in die Welt setzen konnten, dauert es nicht mehr lange und sie sind uns zahlenmäßig ebenbürtig und nur einen

Wimpernschlag später überlegen. Wäre es möglich, dass ich mich mit der jungen Dame unterhalten könnte?" „Auch das sollte kein Problem sein Herr Burgstaller. Aber ich habe da noch ein Anliegen auf dem Herzen." sagte Jakob. „Nur heraus damit, Kamerad, um was geht es?" ermutigte der Müller und sein Gegenüber antwortete sogleich. „Wie ich schon berichtet habe, wurde meine Mutter verletzt, ob man sich um sie und meine kleine Schwester hier kümmern könnte? Ich sehe hier viele Familien, die hier Schutz gefunden haben." „Ja, das ist kein Problem junger Mann. Bringen sie sie her. Und nehmen sie auch ihre Freundin, die Magd mit. Ich würde die Dame gerne persönlich kennenlernen, bevor wir der Versammlung beiwohnen." Jakob versprach Fräulein Hofstadler mit zu bringen und machte sich auf den Weg. Als Krieger ihn das Tor des Kornspeichers öffnete, wurde der Jungbauer von der Morgensonne geblendet. Tief Orangefarben sah sie aus und rötliche Wolken waren um sie herum zu sehen. „Morgenrot bringt Wind und Tod" dachte der Bauernbursche und merkte, wie ihn ein kalter Schauer über den Rücken lief. Er verdrängte diese schwarzmalerischen Gedanken und beeilte sich zu Stiefsohns Praxis. Als er in sorgengetränkten Gedanken versunken über den Hauptplatz marschierte, hörte er plötzlich die Stimme seines Krämer Freundes. „Nanu? Heute keine frische Milch, Schönfelder? Was ist los? Sind deine Kühe trocken?" „Ich erzähl es dir ein andermal, Helmut. Verzeih, ich muss mich sputen!" „Meinethalben, behalte deine Geheimnisse für dich Bauernbuckel! Kommst du mit deiner charmanten Begleitung von letztens heute zum Narrenabend?" Doch Jakob, welcher sein Tempo nicht verringert hatte, war schon zu weit weg und blieb seinem Kumpel aus Kindertagen die Antwort schuldig. Kurz darauf war er auch schon in Stiefsohns Haus. Der Heilkundige wartete schon sehnsüchtig darauf endlich seinen Behandlungstisch freizubekommen. „Da bist du ja endlich! Wir haben uns schon Sorgen gemacht, du Esel!" begrüßte ihn Brunhilde anklagend. Er umarmte sie liebevoll. „Tut mir leid Knödelchen, ich musste einiges erledigen!" Dann wandte er sich an die Dienstmagd welche wie er sehen konnte die ganze Zeit über fleißig an der Übersetzung gearbeitet hatte. „Wir haben einen Ort, wo wir hinkönnen. Einen Ort, voller Leute die uns glauben und die

Schweigensend nicht aufgeben werden. Kommen sie Fräulein Annaliese, packen sie sich zusammen!" Die Maid gehorchte und verstaute ihre Arbeit und Hilfsmittel in ihrer Tasche. Jakob nützte die Gelegenheit um den Medikus über den Zustand seiner Mutter zu befragen, wie es um sie stand und ob er noch etwas für sie tun konnte. Der Mediziner meinte, dass sie nicht in Lebensgefahr sei und Ruhe und Schonung das Wichtigste wäre, was sie nun brauchte und auch bedauerlicherweise das Einzige sei, was er ihm anraten konnte. Der Junge bedanke sich bei dem Gelehrten, nahm seine Mutter erneut auf den Arm und zog mit ihr und den beiden Mädchen von dannen. „Höret die Neuigkeiten des Tages, Höret die Neuigkeiten des Tages!" schrie der Ausrufer und läutete seine Glocke. Um sich nicht durch die enorme Masse der Zuhörer kämpfen zu müssen, schlugen Jakob, Annaliese und Brunhilde den Weg in eine Seitengasse ein. Auf ihren Umweg konnten sie dennoch alles glasklar hören, was Günther Schweiger heute den Bürgern mitzuteilen hatte. Er begann mit der Ankündigung, dass zur Mittagsstunde der Bürgermeister zu einer weiteren Bürgerversammlung lädt und bestätigte damit die Information die Knecht Danzer bereits dem Bohlwerk zugespielt hatte. Feierlich fuhr Schweiger fort und berichtete, dass der Narrenabend heute wie geplant satt finden würde, und zwar pünktlich bei Sonnenuntergang. „Berichte verdammt noch mal von den ganzen Bissopfern!" forderten ihn zornige Stimmen von seinem Publikum auf. „Eingebrochen sind sie bei uns und schwer verletzt haben sie meinen Mann und unseren Knecht!" konnte man von einer schrillen Frauenstimme hören. Schweiger reagierte nicht darauf und erklärte, dass aufgrund diverser Spannungen zwischen den Schweigensendern und den Worahbes der Narrenabend unter das Motto Gemeinschaftlichkeit und Zusammengehörigkeit gestellt werden wird um die beiden Lager in Frieden und Liebe zu einigen. Des Weiteren sei es nun bei Strafe verboten die Gäste des Dorfes als „Blutsauger" zu bezeichnen zumal dieser Begriff als abwertend und beleidigend empfunden wird. Von der darauffolgenden Welle an Empörung bekamen die Vier in der Seitengasse nicht mehr viel mit, denn sie hatten selbige eben verlassen und beschritten schon den abgelegenen Weg, der sie zur Scheune des

Kornlagers führte. „Sehen sie, Fräulein Annaliese, da vorne ist es schon!" keuchte Jakob angestrengt mit seiner Mutter auf den Armen. Die junge Frau hörte ihn nicht denn am Rande eines naheliegenden Feldes spazierte eine kleine Gruppe von Worahbes. Einer von ihnen durchbohrte sie regelrecht mit seinen Blicken. „Torahto..." hauchte sie und blieb für einen Atemzug stehen. Die tief liegenden schwarzen Augen des Wesens drangen tief in ihre Enzianblaufarbenen, bis sie es schaffte, sich von der visuellen Gefangenschaft zu befreien und folgte dann der Familie Schönfelder. Torahto sah ihr noch lange nach und verfluchte sie.

„Wahrlich schlimme Zeiten sind das. Es muss etwas geschehen!" sagte Krieger durch das Tor, Jakob antwortete erneut: „Nein! Wir müssen etwas tun!" „Ah! Schon zurück! Und Verstärkung bringen sie auch, Herr Schönfelder, sehr schön, nur herein mit ihnen." begrüßte der Wirt die Truppe. Annaliese fand es gut, dass die Schweigensender diese kleine aber feine Bastion geschaffen hatten. Sie sah, dass das schwere Tor mit einem dicken Querbalken versperrt werden konnte. Das beruhigte sie etwas, aber nicht gänzlich. Jakob brachte seine Mutter zu einem improvisierten Bettenlager. Er legte sie behutsam darauf ab und deckte sie zu. Er nahm ihr Gesicht in beide Hände und versuchte es so zu halten, damit ihre leblos wirkenden Augen in die seinen schauten. „Hier bist du fürs Erste in Sicherheit, Mama." Sprach er ruhig zu ihr und küsste sie auf die Stirn. Er betrachtete sie, wie sie teilnahmslos mit ihrem verbundenen Hals da lag und rang mit seinen Tränen. Glücklicherweise kam Brunhilde und kuschelte sich an ihre Mutter. Sie wirkte blass und schwermütig, aber war das denn ein Wunder? Jakob strich ihr liebevoll über ihren kleinen Kopf. „Und sind sie der Meinung, dass es hier wirklich sicher ist?" hörte der Jungbauer Annaliese fragen. Sie unterhielt sich mit Markus Burgstaller. „Drei solide Stockwerke hoch, Mauern aus festen Stein. Kleine mit Gitter gesicherte Fenster. Ich denke, wenn es einen Platz in Schweigensend gibt, an dem man sich sicher fühlen kann, dann ist dieser hier." bestätigte der Müller und fuhr fort. „Schönfelder hat mir erzählt, dass sie im Besitz eines signifikanten Schriftstückes der Worahbes sind und auch deren Schrift lesen können,

130

entspricht das der Wahrheit?" fragte Markus. Die Magd nickte „Beides ist richtig!" „Erklären sie mir, was ist das eigentlich für ein Buch? Dieses Monster-rosa?" „Monstrosah!" korrigierte sie den Müller schelmisch grinsend. „Nun, es ist das Gesetz, nach dem die Worahbes leben. Die einzigen Regeln, die für sie Gültigkeit haben. Wissen sie, ihr Anführer Worahmo, liebt den Krieg, und er liebt es zu erobern. Welche von beiden Lieben die größere ist, weiß wohl niemand zu sagen. Jedenfalls brauchte er für seine Diener so etwas wie heilige Gebote um sie nach seinen Vorstellungen abzurichten. Jahrhunderte, vielleicht sogar Jahrtausende lange wurden diese Regeln und Befehle in die Köpfe seiner Kinder getrichtert. Selbst mit all unserer Fantasie können wir uns nicht vorstellen wie tief die inbrünstige Hörigkeit in dem Bewusstsein und auch im Unterbewusstsein der Wesen verankert ist. Willenlos leben sie nach den erfundenen Worten ohne zu wagen daran den geringsten Zweifel zu hegen oder gar daran Kritik zu üben, denn auch diesen Punkt hatte Worahmo bedacht und als Regel festgehalten." Erzählte Annaliese. „Jakob sagte einer dieser Worahbes hat ihnen ihre Sprache beigebracht?" erkundigte sich der Müller. „Das ist nicht ganz richtig. Torahto brachte mir nur das lesen und schreiben ihrer Schrift bei. Ich kann die einen oder anderen Laute verstehen, die sie von sich geben. Aber diese korrekt auszusprechen, die feinen Nuancen der Töne und Geräusche zu treffen ist, denke ich, für menschliche Kehlen nicht möglich." berichtigte die Maid. Burgstaller deutete auf das Monstrosah: „Darf ich fragen, wie weit sie mit der Übersetzung sind?" Fräulein Hofstadler zog ihre Notizblätter heraus „Es fehlt nur noch wenig, wollen sie das lesen was ich bisher geschafft habe?" „Gewiss!" bejahte Markus und nahm der Dienstmagd die Papierseiten ab. „Oh! Eine schöne Handschrift mit Verlaub." lobte der Müller, worauf sich Annalieses Wangen ein wenig röteten, dann las er laut mit kraftvoller, leicht ironischer Stimme vor. „Der hehre Monstrosah.

Lehre Eins: Worahmo ist der einzig wahre Herrscher über alles Leben.

Lehre Zwei: Die Worahbes sind über allen anderen Wesen erhaben und auserwählt über sie zu befehligen und zu richten.

Lehre Drei: Worahbes betreiben keine Aussaat, sie pflügen nicht, sie bewässern nicht, sie pflegen nicht. Worahbes ernten.

Lehre Vier: Ein Wesen, welches kein Worahbes ist, hat keinen Besitz. Weder Blut, Güter, Freiheit oder Leben sind sein Eigen und kann nach Belieben von einem Worahbes beansprucht werden.

Lehre Fünf: Ein Worahbes darf sich nicht an dem Besitz eines anderen Worahbes vergreifen. Tut er es doch, so soll ihm zur Strafe die Hand abgeschlagen werden.

Lehre Sechs: Ein Worahbes darf keinem Wesen, das kein Worahbes ist, das Wesen und die Absichten der Worahbes verraten. Tut er es doch, soll ihm als Strafe Arm und Bein wechselseitig abgeschlagen werden, auf dass ihn jeder als Verräter erkenne und er in ewiger Schande weilen muss.

Lehre Sieben: Das Blut des ewigen Seins darf von keinem Worahbes, ausgenommen des Ältesten und wenn es im Zuge der Fortpflanzung geschieht, weitergegeben werden. Tut er es doch, ist die Strafe dafür die Entziehung der Gunst.

Lehre Acht: Wenn die Worahbes in der Unterzahl sind, ist es ihre Pflicht, die Wesen die in der Mehrzahl sind über die wahren Absichten der Worahbes zu täuschen und dafür zu sorgen so rasch es möglich ist, die Worahbes mit Fortpflanzung, zu der Position der Mehrheit zu verhelfen.

Verflucht noch mal..." unterbrach Burgstaller für einen Augenblick seinen Vortrag, setzte aber sogleich fort.

„Lehre Neun: Wird ein Worahbes abtrünnig, ist seine Strafe die Entziehung der Gunst und der Tod.

Lehre Zehn: Beleidigungen, Tadellungen oder gar Anzweifelungen von Worahmo oder dem hehren Monstrosah sind auf das Härteste zu bestrafen.

Lehre Elf: Stellen sich Wesen gegen die Absichten der Worahbes oder erzeugen eine Stimmung von Ärgernis, sind diese zu beseitigen. Lauert ihnen auf und erschlagt sie, wo immer ihr sie findet.

Lehre Zwölf: Und tötet ihr jene Wesen, so habt nicht ihr getötet, es war Worahmo, der durch euch das Leben nahm." Markus Burgstaller sortierte die Blätter darauf hin und gab sie der jungen Dame zurück. „Man fragt sich, wer wahnsinniger ist. Die Kreatur, die diese gestörten Regeln erfand oder die Kreaturen, die danach leben? Wie dem auch sei. Wenn das stimmt und sei es auch nur zum Teil, haben wir eine wahre Seuche in unserem Dorf aufgenommen." „Was haben sie jetzt vor?" fragte Fräulein Hofstadler. „Wenn ich das nur wüsste, Fräulein Annaliese. Wir müssen die Bürger Schweigensend warnen und aufklären. Wir müssen die Personen die mit den Kreaturen paktieren entmachten. Wir müssen noch viel mehr über diese Wesen in Erfahrung bringen. Wenn man den Erzählungen der Leute, die mit ihnen fochten, lauscht, so könnte man denken die Worahbes seien unsterblich. Auch ihr Freund Jakob spaltete einen von ihnen den Schädel und die Kreatur lebte weiter, behauptet er zumindest." „Es ist wahr! Ich war im selben Raum, als er dem Geschöpf das Beil ins Haupt trieb." verteidigte Annaliese Jakob. „Sei's drum. Es ist jedenfalls nicht leicht diesen Blutsaugern das Leben zu nehmen und doch spricht dieses Monstrosah Buch von einer Bestrafung mit dem Tode. Es muss also einen Weg geben die Kreaturen zu vernichten. Und wenn wir sie schon nicht vernichten können müssen wir versuchen sie unschädlich zu machen. Jedes Lebewesen hat Schwachstellen. Wir wissen nur leider zu wenig über die Worahbes. Das Einzige, von dem wir wissen, dass sie nicht mögen, ist Knoblauch. Das Bohlwerk hat die letzten versteckten Reserven zusammengetragen. Geller ließ sie schon vor Tagen im ganzen Dorf, von allen Läden und allen Haushalten beschlagnahmen und anschließend verbrennen. Aber das ist leider auch schon alles was wir den Blutsaugern entgegenhalten können. Ein Gewächs mit scharfem Geruch wird diese Monster nicht in die Knie zwingen. Sie wissen nicht zufällig noch eine Schwachstelle, Fräulein Hofstadler?" Die Magd schüttelte betrübt den Kopf. Burgstaller lies den Kopf sinken „Gott stehe uns bei, wenn es zum Äußersten kommt..." Er atmete tief ein und nahm wieder eine starke aufrechte Haltung an: „ ...Aber lassen sie uns jetzt noch nicht verzagen. Wir sind noch nicht am Ende. So lange einer von uns noch steht und atmet, so lange gibt es

Hoffnung. Ruhen sie sich jetzt fürs Erste aus, Fräulein Hofstadler, in zwei Stunden gehen wir zu der Versammlung. Fühlen sie sich imstande die Bürger Schweigensend mit der Wahrheit zu konfrontieren? Ihnen das vor Augen zu führen was sie lieber verdrängen würden?" Stumm aber willensstark nickte sie. Zufrieden klopfte ihr Burgstaller kameradschaftlich auf die Schulter und ließ sie mit ihren Gedanken allein. Sie schaute hinüber zu Jakob, der dem Gespräch gelauscht hatte und immer noch bei seiner Mutter und kleinen Schwester weilte. Er wirkte in sich gekehrt und verloren. Sie ging zu dem Jungen und setzte sich neben ihn. „Wie geht es ihnen, Jakob?" fragte sie leise und feinfühlig. Der Junge nahm ihre Hand und hielt diese sanft fest. Er drehte seinen Kopf zu seiner schlafenden Schwester und seiner Mutter, die sich in einem Wachkoma ähnlichem Zustand befand. „Besorgt... Ängstlich... Hilflos. Um ein Haar wäre ich jetzt Vollwaise. Und nicht viel hätte gefehlt und ich hätte auch Brunhilde verloren. Dann wäre ich allein gewesen auf der Welt. Es war töricht in die Brezita zu gehen. Wenn wir erwischt worden wären, hätte vielleicht unser letztes Stündlein geschlagen. Wer hätte denn dann auf Brunhilde und

Mutter..."er ließ seinen Kopf hängen und vergrub sein Gesicht in seinen Händen. „Dabei kann ich sie ja nicht einmal richtig beschützen wenn ich zur Stelle bin." Annaliese berührte seine Schulter, was ihn Trost spendete. „Dank ihnen sind sie beide am Leben, Jakob." „Aber wie?! Brunhilde hat Abschürfungen und blaue Flecken und Mutter... Sehen sie sie an, sie ist wie eine lebende Tote. Ob sie jemals wieder gesund wird? Ob sich Brunhilde jemals von dem Schock erholen wird?" „Ich weiß es nicht... Was wollen sie jetzt tun?" fragte sie. „Das wiederum weiß ich nicht, Fräulein Annaliese. Manchen Augenblick denke ich, wie es wohl wäre zu gehen. Den Hof um einen Schleuderpreis zu verkaufen, ein Fuhrwerk und ein Ross zu kaufen. Falls es so etwas überhaupt noch hier gibt, sollten andere auf dieselbe Idee gekommen sein. Die Familie und die letzten Habseligkeiten drauf zu laden und dann zu fliehen. Schweigensend seinem Schicksal zu überlassen und wo anders neu anzufangen. Aber das bin ich nicht, Annaliese. Dies hier ist meine Heimat. Hier liegen meine Wurzeln, hier habe ich meine Geschichte. Jeder Baum, jeder Stein, jedes Feld, jeder Strauch, jeder Grashalm ist ein Teil von mir.

Jede Person, ob sie mich nun mag oder nicht sowie auch alle Tiere hier sind ein Teil von mir. Schweigensend ist ein Teil von mir, und ich bin ein Teil von Schweigensend. Die jahrelange Schufterei meines Vaters, bis er sich den Grund und den Hof leisten konnte. Im Schweiße seines Angesichts, diesen half zu erbauen und nach und nach zu vergrößern. Auch der Vater meiner Mutter war an dem Bau beteiligt, auch der Vater meines Vaters und sogar noch der Vater des Vaters meines Vaters. Dieses Andenken an all die Mühe, die Opfer und Entbehrungen zu verschleudern? Mitnichten! Sie fragen mich was ich jetzt tun will? Zunächst muss ich Heim, die Tiere wurden heute noch nicht versorgt. Und dann..." er seufzte „...Und dann sehen wir weiter." Er sammelte sich und machte sich auf den Weg. Annaliese ließ sich auf einem Stuhl in einer Ecke nieder und schloss die Augen. Sie versuchte sich zu entspannen und atmete bewusst und ruhig. Wenige Sekunden später, zumindest nach ihrer Wahrnehmung, schreckte sie hoch. Jakob stand vor ihr, er roch nach Stall und sagte: „Wir müssen los."

Der Versammlungsraum war dieses Mal zum Bersten voll. Viele Leute fanden nicht einmal mehr einen Sitzplatz und mussten an den Wänden, an den Fenstern und hinter den Bänken stehen. Jakob, Annaliese und Markus waren drei von ihnen. Dieses Mal waren auch einige der Worahbes anwesend. Der Älteste, Worahmo und der Übersetzer, Makoah saßen auf Stühlen, welche für sie auf der Bühne bereitgestellt wurden. Burgstaller knirschte bereits mit seinen Zähnen, als der Bürgermeister an das Sprechpult schlenderte. „Hochverehrte Bürger Schweigensend. Vielen Dank, dass sie so zahlreich erschienen sind." Begrüße Alois Geller seine Gemeinde. „Ich gehe davon aus, dass die Unruhen der letzten Zeit der Auslöser dieses verstärkten Interesses sind. Ja, es haben sich Dinge ereignet, die nicht nur bedauerlich sind, sondern auch Maßnahmen fordern. Und als verantwortungsvolles Oberhaupt habe ich selbstverständlich sofort Aufklärung gefordert und mich auch augenblicklich mit dem Ältesten der Worahbes zu einer Unterredung getroffen, um in einem Dialog eine Lösung für unser Problem zu finden. Wir konnten vieles über unsere geschätzten Gäste herausfinden. Als

Zeichen, dass die Worahbes Geschehenes zutiefst bedauern und um zu zeigen, dass sie sich für eine bessere gemeinsame Zukunft einsetzen, sind auch viele von ihnen heute anwesend. So auch der Älteste von ihnen, der edle Anführer Worahmo." Der Worahbes hob daraufhin mit mäßigem Enthusiasmus die Hand zum Gruße. Dann setzte der Bürgermeister seine Rede fort: „Sie müssen wissen, die Nahrungsaufnahme dieser wunderbaren Geschöpfe unterscheidet sich sehr von der des Menschen. Derweilen wir auf feste Nahrung angewiesen sind, kommen die Worahbes lediglich mit Flüssigkeit aus. Und ja, die Flüssigkeit, die sie eben brauchen ist, Blut. Blut von höher entwickelten Lebewesen. Das wirkt auf uns selbstverständlich seltsam, da wir ein solches Bedürfnis nicht haben. Aber ich bin davon überzeugt, dass die Freundschaft zwischen Mensch und Worahbes diese kleine Hürde meistern kann und dadurch noch stärker wird." „Wir haben auch eine Menge über unsere sogenannten Freunde herausgefunden!" schrie Markus in die Sprechpause des Bürgermeisters. „Sie schon wieder, Herr Burgstaller? Wollen sie auch heute wieder Hass und Hetze verbreiten?"

entgegnete dieser darauf. „Nichts liegt mir ferner! Wir wollen nur einige Fakten offen legen, sollten diese negative Gefühle in meinen Mitbürgern erwecken, dann liegt das daran, dass jene Fakten nur als negativ empfunden werden können." sprach Burgstaller mit selbstsicherer fester Stimme. Geller lächelte auf seine schleimige halbgesichtige Art. „Nun, wenn unser Mühlenbesitzer glaubt, er habe Wissen was der Gemeinde nicht vorenthalten werden darf so bringe er es hinter sich und spreche es sich von der Seele." „Ich danke für das Angebot. Doch bin es nicht ich der zu ihnen sprechen wird, meine Damen und Herren. Obgleich es mir auf der Zunge liegt, dass es sich bei geschehener Taten nicht um Einzel-, sondern Regelfälle handelt. Diese junge Dame an meiner Seite hat ihnen etwas zu erzählen. Würden sie sich bitte vorstellen und sagen, woher sie kommen?" Die Magd schluckte trocken und ein leichtes Zittern lag in ihrer Stimme. „Guten Tag, mein Name ist Annaliese Hofstadler, ich war Dienstmagd auf dem Hofe von Berthold Teufel in Einfaltshausen." „Einfaltshausen, das kleine Dorf im Tal südlich von hier. Dort haben sie also gearbeitet, warum jetzt nicht mehr?" fragte

Burgstaller. „Letzten Herbst landeten die Worahbes bei uns. Anfangs lebten wir friedlich zusammen doch eines Tages töteten sie alle." berichtete Annaliese. „Nicht schon wieder dieses Märchen!" gähnte Geller gelangweilt. „Wir haben extra einen Trupp in dieses Kuhkaff geschickt und es wurden nicht die geringsten Beweise für ihre Geschichte gefunden. Maximilian Braunfels unser geschätzter und altgedienter Herausgeber des Schweigensender-Tageblatts war selbst persönlich dort um sich von der Lage ein Bild zu machen. Hat irgendetwas dort auf die Anwesenheit der Worahbes hingedeutet Herr Braunfels?" Der Besitzer des hiesigen Pressehauses erhob sich so ruckartig, dass sein Stuhl gegen die Wand knallte. „Nein!... Nein, Herr Geller. In Einfaltshausen gab es nichts!" bestätigte er. „Ja, es gab dort nichts, Herr Braunfels und Herr Geller. Auch keine Menschen. Sehr sonderbar. Haben sich wohl alle in Luft aufgelöst!" legte Burgstaller nach. Geller verdrehte die Augen, wischte sich über sein fettiges Gesicht und polterte „Hören sie auf mit ihrem Wahn. Es kam schon oft vor, dass Leute während der kalten Jahreszeit wärmere Gefilde aufgesucht haben und vorübergehend ihr Heim verlassen hatten. Also wenn das alles war, möchte ich jetzt wieder zum Haupt..." „Das war noch nicht alles Herr Bürgermeister!" unterbrach ihn der Müller abrupt. „Ja, es gibt da noch eine Kleinigkeit, von der die Bürger Schweigensend unterrichtet werden sollten." Nachdem er diese Worte gesprochen hatte, hob er das große weinrote Buch. Makoah fuhr von seinem Stuhl hoch, wie Braunfels zuvor, und zischte in einem tiefen Ton: „Woher haben sie das?!" Worahmo befahl seinem Übersetzer in ihrer Sprache, sich wieder hinzusetzen. Markus spürte ein zufriedenes Lächeln in seinem Gesicht entstehen. Eine bessere Reaktion hätte er kaum bekommen können und so nutzte er diese „Ah! Sie erkennen es wieder! Das überrascht mich nicht, es gehört schließlich auch den Worahbes. Ja, dieses Schriftstück nennen sie den hehren Monstrosah. Darin verzeichnet sind die Regeln und Gebote, nach denen sie kompromisslos leben. Fräulein Hofstadler bekam in jener Zeit, als die Wesen noch friedlich mit den Einfaltshausner zusammenlebten, von einem der Worahbes deren Schrift beigebracht." Worahmo und Makoah tauschten vielsagende Blicke untereinander aus. „Entspricht das der

Wahrheit Fräulein Hofstadler?" fragte der Müller. „Ja, das ist richtig." „Das stelle ich mir schwierig vor zumal wir nie in jenem Dorf gastierten junge Dame, wie war denn der Name dieses Worahbes, der ihnen angeblich unsere Schrift beigebracht hat?" fragte der Übersetzer Makoah. Annaliese bedachte ihn mit einem giftigen Blick. „Ich habe nicht vor den Namen dieser Person zu verraten. Und sie wissen auch ganz genau warum! Aber halten wir uns nicht damit auf. Ich denke die Schweigensender wollen wissen, nach welchen Ansichten die Worahbes leben. Zum Beispiel ihre zweite Lehre lautet: Die Worahbes sind über alle anderen Wesen erhaben und auserwählt über sie zu befehligen und sie zu richten." Ein empörtes Gemurmel war unter den Versammlungsgästen zu hören, Annaliese lies den Satz noch ein wenig nachwirken dann setzte sie fort. „In der vierten Lehre steht geschrieben: Ein Wesen, welches kein Worahbes ist, hat keinen Besitz. Weder Blut, Güter, Freiheit oder Leben sind sein Eigen und kann nach Belieben von einem Worahbes beansprucht werden." Schockiert atmeten die Zuseher ein. „Werte Dame, ich weiß ja nicht welcher Worahbes ihnen angeblich unsere

Schrift beigebracht hat, aber ihre Übersetzung ist vollkommen falsch. Man kann den hehren Monstrosah auch nicht in eine andere Sprache übersetzen." warf Makoah ein. Annaliese fuhr unbeirrt fort: „Und schließlich zwei der wichtigsten Lehren, die einem jeden Schweigensender die Augen öffnen sollten: Lehre Nummer Elf: Stellen sich Wesen gegen die Absichten der Worahbes oder erzeugen eine Stimmung von Ärgernis, sind diese zu beseitigen. Lauert ihnen auf und erschlagt sie, wo immer ihr sie findet." Die Menge kochte mehr und mehr über und die Empörung ließ gar nicht mehr nach, die Magd sprach dennoch weiter. „Sie fragen sich vielleicht, ob sich die Worahbes vielleicht hinterher schuldig fühlen, wenn sie morden, die Antwort ist nein, denn selbst an die Gewissensfrage wurde gedacht denn die darauffolgende Lehre lautet: Und tötet ihr jene Wesen, so habt nicht ihr getötet, es war Worahmo, der durch euch das Leben nahm. Und wie es in der ersten Lehre heißt, ist Worahmo der einzig wahre Herrscher über alles Leben" „Fräulein Hofstadler, ich denke es reicht nun. Wie ihnen schon der ehrenwerte Makoah sagte, haben sie die Schrift falsch übersetzt und ich vermute dies mit voller

146

Absicht um das Volk was in den letzten Tagen schon genug belastet wurde noch mehr aufzuwiegeln. Auch ist ihre Geschichte über Einfaltshausen im höchsten Maße unglaubwürdig. Wissen sie, was ich denke? Ich denke, sie sind eine billige Lügnerin, der wir nun lange genug zugehört haben. Herr Wachtmeister Grünzweig, wären sie bitte so freundlich die junge Dame hinauszubegleiten?" sprach Bürgermeister Geller und wischte sich über sein stark schwitzendes, rot angelaufenes Gesicht. Annaliese wurde von zwei Wachmännern an den Armen gepackt und aus dem Gemeindehaus gezerrt. Die Zuhörer waren immer noch aufgebracht und protestierten gegen diesen Rauswurf. Der älteste der Worahbes gab zwei seiner Diener einen Befehl, welche sich daraufhin davon stahlen. Jakob kämpfte sich durch die Menge, er wollte Annaliese nicht allein lassen, doch als er den Eingang erreichte versperrte ihn die Wache den Weg nach draußen. „Sie können noch nicht gehen mein Herr." Liesen sie ihn wissen. „Wieso nicht? Ich will nach draußen!" bestand er und versuchte sich zwischen den Männern durchzuquetschen. Sie stießen ihn unsanft zurück und erklärten ihm schroff, dass er bis zum Ende der Versammlung warten musste. „So lautet der Befehl!" sagten sie. Der Bürgermeister fuhr sodann mit seiner Rede fort: „Fein! Nachdem also wieder Ruhe und Frieden im Raum eingekehrt ist, können wir die letzten Beiden Punkte der heutigen Versammlung noch besprechen. Wie sie alle wissen, findet hier abends an Ort und Stelle unser jährlicher Narrenabend statt. Dieses Jahr stellen wir das Fest unter das Motto Freundschaft. Die Freundschaft zwischen Worahbes und Menschen. Freundschaft bedeutet auch, dass man auf die Bedürfnisse des anderen eingeht. Und genau das führt uns zu dem letzten Punkt der heutigen Tagesordnung. Wie schon erwähnt haben unsere Gäste das naturgegebene Bedürfnis nach Blut, Menschenblut. Um zu zeigen wie tief und aufrichtig unsere Freundschaft zu ihnen ist werden die Besucher dieser Versammlung nun zur Ader gelassen. Herr Stiefsohn, ist unser erfahrener Medikus und wird diese minimale Prozedur durchführen. Sie brauchen keine Angst zu haben, es wird ihnen nur wenig Blut abgezapft. Aber ihre Spende wird den Frieden im Dorf zurückbringen. Danach steht es ihnen frei zu gehen." „Mich deucht ich höre nicht recht!" „Das ist ja die Höhe!" „Jetzt sollen wir noch gezwungen werden diesen Blutsaugern freiwillig unser Blut zu geben?" hörte man den Aufschrei des Pöbels. „Was ist, wenn wir uns weigern?" polterte Burgstaller. Auf diesen Satz hatte Geller gewartet und beantwortete ihn ruhig aber mit kalter Entschlossenheit: „Sollte das passieren, wird diese Person oder Personen unter Arrest genommen, Herr Burgstaller. Ihr Blut werden wir aber dennoch bekommen, darauf können sie sich verlassen." Markus begann daraufhin mit Wut in den Augen zornig mit den Zähnen zu knirschen. Er merkte erst, wie stark er sein Gebiss wetzte, als ihm die Hälfte eines Backenzahnes abbrach. Den darauf folgenden Schmerz nahm er nur sehr dumpf war, sein Ärger ließ alle anderen Empfindungen in weite Ferne gleiten.

Der gelehrte Stiefsohn ließ wie es ihm aufgetragen war alle Besucher der Veranstaltung zur Ader. Keiner wagte es Widerstand zu leisten und den Kerker zu riskieren. Sie sahen mit an, wie sich der bereitgestellte Bottich mehr und mehr mit dem Blut ihrer Mitbürger füllte. Ihre Köpfe waren voller Flüche und voller Hass auf Geller. Als

Jakob sich den Arm reibend das Rathaus verließ, trat er zu Markus, der noch auf ihn wartete. „Hast du Annaliese gesehen?" fragte der Jungbauer. Daraufhin sprach der Mühlenbesitzer: „Nein. Aber ich bin sicher sie wartet schon auf uns im Kornspeicher. Sie wird froh sein, dass sie schon früher von der Veranstaltung gegangen wurde, wenn wir ihr erzählen, welchen Austrittspreis wir zahlen mussten. Wollen wir los? Ihr nach?" „Ja, aber ich muss vorher noch wo anders hin!" erklärte Jakob. „Auch gut, wir sehen uns dann später, ich empfehle mich!" „Ja bis dann!" Der Bauernbursche sah Burgstaller nach, der sich zum Versteck des Bohlwerks aufmachte. Danach schaute er zurück in das Gemeindehaus, in welchem man nun begann, die Vorbereitungen für den Narrenabend zu treffen. Er sah wie einige der Worahbes sich um den Bottich welcher bis zum Rand mit Schweigensenderblut angefüllt war versammelten. Sie bekamen edle Weingläser in ihre dreifingrigen Hände gedrückt. Geller fülle sein Glas mit einem teuren Rotwein und die Wesen füllten die ihren in dem hölzernen Behältnis. In bester Laune stießen sie daraufhin feierlich mit dem Bürgermeister an.

Ein leichter Wind kam auf. Die Äste der Bäume wogten sanft hin und her und berührten knarrend einander. Die Schreie der Raben gaben der Geräuschkulisse noch den letzten Schliff. Auch hatte der Himmel um die Mittagszeit begonnen bewölkt zu werden. Jakob spürte die kalte Luft auf seinen Wangen, sein Blick war dem Boden zugewandt. Eine Weile dachte er angestrengt nach und schließlich begann er leise vor sich hin zu murmeln: „Ich wende mich nicht oft an dich, wie du weißt. Ich weiß nicht, ob du dich deswegen grämst oder ob du erleichtert bist, weil du es vorziehst, in Ruhe gelassen zu werden. Ich weiß auch nicht, ob du uns siehst, wie hier die Dinge stehen und wie es um uns bestellt ist. Und am wenigsten weiß ich, ob du meine Worte überhaupt hörst. Vermutlich vernimmt sie niemand außer den Raben am Feld und den Eichhörnchen in ihren Winterquartieren. Aber wenn du mich hörst, Vater, bitte ich dich um Kraft... um Mut... und Weisheit. Denn ich muss gestehen, mein Herz ist voller Angst. Angst eine falsche Entscheidung zu treffen. Angst vor noch mehr Verlusten und Angst zu versagen. Ja, nicht immer tue und handle ich, wie du es dir von mir wünschst und doch gebe ich mir Mühe in deinem Sinne mein Leben zu führen. Es war bisher schon nicht leicht. Aber nun... Nun weiß ich weder ein noch aus. Immerzu stelle ich mir die Frage: Was würdest du an meiner Stelle tun? Es steht so viel auf dem Spiel. Letzte Nacht musste ich erkennen, wie hilflos ich bin. Ich..." er sank auf die Knie „...Ich fühle mich so verloren. Ich weiß einfach nicht mehr weiter..." Jakob wischte Schnee von dem Grabstein von Gottfried Schönfelder, seines Vaters. „Wärst du nur hier! Hier bei uns! Du würdest wissen, was zu tun ist. Du fehlst uns sehr, Vater, Mama und mir, aber am meisten Brunhilde. Sie ist noch so jung und hätte ihr ganzes Leben vor sich. Aber es wäre ein kurzes qualvolles Leben, wenn das Bohlwerk versagt. Wenn es irgendwie in deiner Macht liegt, beschütze sie bitte. Lass nicht zu, dass sie in der Nachwuchskammer der Worahbes aufgehängt wird und mit ihrem Blut diese kleinen widerlichen Monster ernährt. Sie soll auch nicht gebissen werden und das Los von Mutter erfahren. Ich könnte es nicht ertragen, sie in diesem Zustand zu sehen. Bitte hilf mir Vater, ich darf nicht scheitern... ich darf nicht scheitern... ich darf nicht..."

Annaliese brummte der Kopf, als sie zu sich kam. Aber nicht nur ihr Haupt schmerzte, auch ihre Hände, die hinter ihren Rücken gefesselt waren. Sie wusste sofort, wo sie war. Man hatte sie in die Brezita gebracht, genauer gesagt in die dritte Ebene, den Versammlungsraum, in welchen sie sich erst vor wenigen Stunden mit Jakob versteckte und die Geburt eines Worahbes beobachtete. Sie konnte sich nicht mehr erinnern, wie sie die Wesen überrumpelt hatten. Aber sie vermutete, dass der pochende Schmerz in ihrem Schädel etwas damit zu tun hatte. Sie hörte Schmatz und Klackgeräusche von einem dieser Kreaturen. Dann trat Makoah aus dem Schatten des Raumes. „Sie sind also wieder zu sich gekommen Fräulein Hofstadler." begrüßte der Übersetzer seinen unfreiwilligen Gast. Anschließend sagte er zu den beiden Dienern Worahmos, in der Sprache der Worahbes, dass er sie hier nicht mehr brauche. Ohne Geräusche von sich zu geben, gingen sie die Treppen nach oben um die Himmelskutsche zu verlassen. „Sie haben uns in eine ungünstige Position gebracht, meine Liebe." eröffnete Makoah und sprach weiter „Sie zwingen uns einige Stufen in unserem Plan zu überspringen.

153

Aber ich bin ihnen nicht böse. Ich verstehe sie. Sie wollen nichts weiter als ihr lächerlich kurzes, erbärmliches Leben zu retten. Dennoch haben sie für Ärgernis gesorgt und die Absichten der Worahbes behindert. Sie kennen ja jetzt unsere Regeln und wissen, mit was für einer Bestrafung sie rechnen dürfen. Können sie sich denken, warum sie trotz all ihrer Verbrechen noch unter den Lebenden weilen?" Annaliese rümpfte die Nase und brummte ihren Verdacht. „Sie wollen den Namen des Worahbes, der mir die Bedeutung der Glyphen beigebracht hat." „Für eine so minderwertige Lebensform ist diese Erkenntnis mit Sicherheit eine beachtliche Leistung, auch die Tatsache dass sie in einer doch ziemlich kurzen Zeit unsere Schrift erlernen konnten verdient einen gewissen Respekt. Ich verspreche ihnen daher einen schellen und schmerzarmen Tod. Unter der Voraussetzung natürlich, dass sie mir sagen, wer der Verräter war, damit er seine gerechte Bestrafung erhalten kann." zischte Makoah dumpf. Annaliese bedachte ihn mit einem finsteren Blick und entgegnete: „Ich würde auch gerne den Namen eines Worahbes erfahren. Und zwar von denjenigen, der sie ins Leben geschissen hat!" „Ich fürchte mit ihrer rüden Ausdrucksweise haben sie sich um das Wort >schmerzarm< gebracht. Nun, ich denke für primitive Lebewesen muss man auch zu primitiveren Mitteln greifen, um zielführende Ergebnisse zu erreichen." kündigte die Kreatur schmatzend an. Die gereizte Kreatur holte aus einer Truhe einen seltsamen Stab aus Gestein. An der Spitze hatte das Gerät zwei breit gefächerte Greifvorrichtungen. Der Worahbes zeigte Annaliese das Ding und seine Stimmung hob sich wieder. „Miswahrak nennen wir dieses kleine Hilfsmittel. Es wurde dafür entwickelt, minderwertigen Lebewesen die Widerspenstigkeit abzugewöhnen." In seiner anderen Hand hielt er einen Ast, der in etwa den Durchmesser von einer Faust hatte. Er legte das robuste Holz in die Greifvorrichtung des Stabes und aktivierte einen Schalter. Schon zog sich die gefächerte Spitze des Geräts um den Ast zusammen, welcher daraufhin knarrte, knackste und kurz darauf barst. „Sie können sich vorstellen, wenn man mit dem Miswahrak die Arme und Beine störrischer Geschöpfe behandelt, werden diese rasch umgänglicher. Sie können den Verräter ohnehin nicht schützen. Mit großer Wahrscheinlichkeit ist er unter den

Verdächtigen, die bereits unter Beobachtung stehen. Also ersparen sie uns doch die Zeit und sich selbst unangenehme Schmerzen und sagen sie uns doch seinen Namen." Die Dienstmagd wendete voller Verachtung den Kopf vom Makoah ab und schwieg. Der Blutsauger zischte, klackte und sprach: „Einverstanden, dann sind sie also das erste Menschenwesen, das den Miswahrak zu spüren bekommt." Die Greifvorrichtung des Foltergerätes öffnete sich, ließ dabei den zerdrückten Ast auf den Boden plumpsen. Vereinzelt rieselten noch Holzsplitter von der gefächerten Spitze und der Worahbes schmatze frohgemut.

Als Jakob den Friedhof und das Grab seines Vaters verließ um wieder zu seinen Bohlwerk Kameraden zu stoßen merkte er, dass der Wind stärker geworden war. Er brannte inzwischen in seinem Gesicht und ließ seine Augen tränen und seine gerötete Nase laufen. Dünen aus verwehtem Pulverschnee zierten die weißen Äcker und Felder. Die Wolken am Himmel waren so dunkelgrau wie die Haut der Worahbes. Der wettererfahrene Bauernbursche vermutete, dass es wieder zu schneien beginnen würde. Jakob stellte den Kragen seines geerbten Mantels auf um sein Gesicht dahinter verbergen und sich ein wenig vor der Kälte zu schützen. Er war auf dem kleinen abgelegenen Feldwege, als er plötzlich an der Schulter gepackt wurde. Der Junge fuhr herum. Er erkannte, dass es sich um einen Worahbes handelte. Der Jungbauer brüllte: „Elender!" Schon ballte er seine rechte Hand zu einer Faust und schlug damit nach der Kreatur. Das Wesen fing den Schlag mit seiner dreifingrigen linken Hand ab und hielt Jakobs Faust mit selbiger fest. „Mäßigen sie sich mein Herr. Ich bin nicht hier, um ihnen Leid zuzufügen." „Ja, gewiss! Ist es nicht die Pflicht eines Worahbes außenstehende über ihre wahren Absichten zu täuschen? Wie soll man einen wie euch noch trauen?" knurrte der Junge und versuchte seine Faust aus dem Griff des Wesens zu befreien. „Ja, sie haben Recht, das ist eine unserer Lehren des hehren Monstrosah. Ich kann ihr Misstrauen auch sehr gut verstehen. Und wenn ich offen sprechen darf finde ich es wenig berauschen mit den meisten von euch Menschen einen Plausch zu halten." gestand der Worahbes. „Warum tust du es dann?" „Dafür gibt es nur einen einzigen Grund.

Unsere gemeinsame Bekannte. Fräulein Annaliese!" „Annaliese? Was ist mit ihr? Wo ist sie? Sie sind dieser... Einen Moment... dieser... Worahto, nein, Torahto, richtig?" fragte Jakob. „So ist es. Aber dafür haben wir nun keine Zeit. Worahmo ließ Fräulein Annaliese nach der Versammlung entführen. Sie brachten sie in die Brezita. Ich schlich mich weg und wartete die ganze Zeit auf ihr erscheinen. Ich habe sie zusammen gesehen. Annaliese und sie. Aus diesem Grund sind sie die einzige Person, an die ich mich wenden kann. Jedoch hoffte ich, dass sie schneller des Weges kommen würden... Ich fürchte, dass es inzwischen zu spät ist." „Narr!" fuhr ihn Jakob an und legte mit der Frage: „Warum zur Hölle hast du sie nicht selbst versucht zu retten, wenn sie dir so wichtig ist, wie du tust?" nach. Der Worahbes entließ Jakobs Hand aus seinem Griff und sprach: „Hätte ich das getan, wäre ich sicher dazu genötigt gewesen gegen Mitglieder meiner Sippe grob zu werden. Und im hehren Monstrosah steht: Die Strafe für den Worahbes der einen Worahbes tötet oder diesen Leid zufügt..." „Ach lass gut sein! Ich will den Mist gar nicht erst hören. Ich bespreche die Sache mit meinen Freunden und sehe zu, dass wir

Fräulein Annaliese aus eurer verdammten Himmelskutsche herausholen. Und gnade dir Gott, wenn das eine Falle ist!" Jakob hatte sich schon umgewandt um schnell zum Kornspeicher zu gelangen da hielt ihn Torahto noch einmal zurück. „Da ist noch eine weitere Sache..." „Und die wäre?" erkundigte sich der Bursche gereizt. Der Worahbes brachte seinen Kopf näher an das Gesicht des Jungen und zischte mit einem abneigenden Unterton: „Es könnte mir eigentlich egal sein, was aus euch wird. Für Worahbes sind Menschen nichts weiter als minderwertige Lebewesen..." „Ohne Besitz, ohne Rechte, ohne Freiheit und so weiter, ja ich kenne den Quatsch und den könnt ihr euch meinethalben getrost in den..." „Aber um Fräulein Annalieses Willen..." unterbrach Torahto Jakobs Wortspende, „...kann ich nicht anders als euch zu warnen. Heute Abend, bei dem Fest beginnt der Vernichtungsschlag unseres Volkes an das Eure. Wenn ich ihnen einen gut gemeinten Rat geben darf, junger kleiner Mensch. Rette Annaliese, nimm alle die dir wichtig sind und lauf. Lauft und verkriecht euch an dem abgelegensten Ort, den ihr finden könnt. Vielleicht schafft ihr es so, in eurer jämmerlich kurzen Lebenszeit, der

Worahbesierung eures Planeten zu entgehen. Aber macht euch keine Illusionen, die Erde wird in wenigen Jahren uns gehören. Die Zeit ist auf unserer Seite, davon haben wir im wahrsten Sinne des Wortes unendlich. Und auch unser Fortpflanzungszyklus ist dem euren dermaßen weit überlegen. In wenigen Jahren wird dieser Planet ein weiteres Königreich von Worahmo sein, so wie es schon auf unzähligen anderen der Fall war." Der Bauernbursche bedachte das Wesen mit einem giftigen Blick und setzte wortlos aber mit erhöhter Geschwindigkeit seinen Weg zum Versteck des Bohlwerks fort. Torahto sah dem Menschen noch kurz nach, bevor auch er kehrt machte, um zu seiner Sippe zurückzukehren. Da hörte er das Rascheln in einem Gebüsch hinter ihn. Drei Worahbes kamen davon hervor und marschierten klackend und zischend auf Torahto zu.

Nur wenige Minuten später war Jakob dabei Burgstaller alles zu berichten, was er eben erfahren hatte. Nachdem er alles gehört hatte, drehte sich der Müller weg von dem Burschen. Der Zeige-, Mittel- und Ringfinger seiner linken Hand wurde von seiner rechten hinter seinem

Rücken festgehalten. Seine Augen starrten zu Boden und so wandelte er, in sich gekehrt, durch den Raum. Der Jungbauer ließ ihn dabei nicht aus den Augen und fragte schließlich nach einigen Atemzügen: „Glauben sie auch, dass es eine Falle ist?" Markus ließ sich noch ein wenig Zeit mit der Antwort. „Nun..." beendete er schließlich sein nachdenkliches Schweigen jedoch ohne den Jungen eines Blickes zu würdigen. „Wir, die sich nicht von den Lügengeschichten Gellers und die seiner ihm hörigen Berichterstatter, täuschen ließen wussten, dass es nur eine Frage der Zeit sein würde, bis die Worahbes einen Schlag dieser Größe gegen uns führen würden. Es kommt mir zwar etwas früh vor, allerdings haben wir ihnen zuvor, erzwungener maßen, zu einer kräftigen Stärkung verholfen." sinnierte er und rieb sich die Innenseite seines Ellbogens, wo der Medikus den Einstich für den Aderlass vornahm. Burgstallers Worte klangen ein wenig seltsam fand Jakob. „Außerdem ist ein Fest für die Blutsauger eine willkommene Gelegenheit, zumal dort eine Menge von uns versammelt sind, die sie mit einem Streich loswerden können. Was die Geschichte mit Fräulein Annaliese betrifft..." Burgstaller drehte sich nun wieder dem Jungbauern zu und sie sahen einander ins Gesicht. Jakob erkannte, dass die Wange seines Gegenübers ein wenig geschwollen war. Darum also die komische Aussprache, dachte er. „... Verstehen sie mich nicht falsch, Herr Schönfelder, ich mag die junge Dame und bete für ihr Wohlbefinden, doch ob sie sich tatsächlich in der Himmelskutsche befindet, ist fraglich." „Aber durchaus möglich!" ergänzte Jakob. „Ja..." gestand Markus „...und doch... selbst wenn sie sich dort befindet und für den Fall, dass sie noch leben sollte... ich kann für ihre Rettung keine Männer entbehren." „Wie können sie nur so etwas sagen? Nach allem, was sie für uns getan hat? Ist das alles vergessen? Sie haben alles, was sie von ihr wollten und nun ist sie entbehrlich, wollen sie das damit sagen?" schrie der Bauernbursche verärgert. Der Müller seufzte: „Nein, mein junger Kamerad, was ihre Freundin für uns getan hat soll nicht vergessen sein. Und doch wiegt ihr Leben weniger als das von über vierhundert." „Und außerdem ist sie keine von uns, was? Keine Schweigensenderin?" entfuhr es Jakob. Burgstaller schluckte: „Wenn sie tatsächlich so über mich denken, fände ich das sehr bedauerlich. Aber ich kann es gut verstehen, dass sie aufgebracht sind. Ich wünschte wirklich ich könnte mehr für sie und Fräulein Annaliese tun. Doch muss ich in erster Linie die Vernunft wahren und die Rettung vieler Menschen Vorzug geben." „Fein... Ich jedenfalls werde Fräulein Annaliese nicht im Stich lassen und wenn ich allein gehen muss!" trotzte der Bursche. Der Müller nickte zustimmend: „Ich bewundere ihren Mut und werde sie auch nicht aufhalten. Einen Augenblick!" er eilte zu einer Truhe und öffnete diese. Er holte daraus ein Schwert mit einer zwei Ellen langen Klinge. Der Knauf von der Waffe aus Eisen hatte die Form einer heraldischen Lilie, einer Fleur-de-Lys und sein Griff war mit Lederbändern umwickelt. „Hier! Nehmen sie das an sich. Das Schwert ist ein Erinnerungsstück von meinem Großvater. Er war einst der Schmied des Dorfs. Geldnöte zwangen ihn jedoch die Schmiede zu verkaufen. Dieses Schwert hat er selbst angefertigt. Er war sehr stolz darauf, ansonsten stellte er ja hauptsächlich Nägel und Hufeisen her. Die Nachfrage bestimmt das Angebot, sie verstehen? Aber seine wahre Leidenschaft steckt in diesem Schwert. Möge es ihnen gute

Dienste leisten." Burgstaller gab dem Jungen Bauern seines Großvaters Schwert in die Hand und verabschiedete sich von ihm mit den Worten: „Ich wünsche ihnen und ihrer Freundin alles nur erdenkliche Glück." Er klopfte ihn beiläufig auf die Schulter und trommelte anschließend alle Männer des Bohlwerks zusammen um sie für den Einsatz beim Narrenabend vorzubereiten. Jakob ging zum Siechenbett seiner Mutter. Elfriede Gartner war gerade bei ihr. Der Jungbauer hatte die mittdreißigjährige Frau schon zuvor kennengelernt. Sie kümmerte sich im Kornspeicher um die Bissopfer. Auch um Hermine Jäger mit der sie einst in der Schulstube an einem Tisch saß. „Wie geht es ihr?" erkundigte er sich bei der Pflegerin. „Sie trinkt, wie es sich gehört und etwas Brei nahm sie zur Mittagsstunde auch schon zu sich. Das ist eine gute Sache, dass der Schluckreflex durch die Bisse nicht beeinträchtigt wurde." Berichtete Elfriede. „Was ist mit dieser Anteilnahmslosigkeit? Sie wirkt als sei sie gar nicht mehr wirklich da... Glauben sie, dass sich das wieder gibt?" fragte Jakob besorgt. „Ich kann es ihnen nicht sagen, Jakob. Tut mir leid." Erhielt er von der freundlichen Dame noch als

Antwort, bevor sie sich auf zu ihrem nächsten Pflegefall machte. Traurig sah der Junge in das ausdruckslose Gesicht seiner Mutter. Er beugte seinen Kopf nahe an ihr Gesicht und blickte ihr tief in die Augen. „Du darfst nicht aufgeben, Mama, hörst du? Ich weiß, dass du da noch irgendwo drinnen bist. Lausche meiner Stimme! Du musst kämpfen! Was immer dich fesselt und niederdrückt, schüttel es ab." er seufzte und fügte hinzu „Du wirst nicht alleine kämpfen müssen, wir alle werden unser Gefecht austragen. Nur das Schlachtfeld wird ein unterschiedliches sein. Und wir müssen gewinnen! Hörst du? Wir müssen! Verlieren ist keine Option! Kämpfe, Mama! Kämpfe.... Kämpfe..." sein Flüstern verstummte schließlich zur Gänze denn er merkte, dass er einen Kloß im Halse hatte. Seine kleine Schwester saß mit drei anderen Mädchen auf dem Fußboden und bastelte mit ihnen. Als ob sie es spüren könnte, dass ihr Bruder sie beobachtete, drehte sie sich zu ihm um. Oft schon hatte Jakob dieses Phänomen beobachtet. Irgendwie mussten sie geistig miteinander verbunden sein. Um es als reinen Zufall abzutun, geschah dies wahrlich zu häufig. Sie lächelte ihn an, erhob sich und hopste zu ihm. In ihren Händen hielt sie eine

Schnur, welche sich durch zahlreiche Knoblauchzwiebeln zog. „Was macht ihr denn da schönes?" fragte der große Bruder. „Wir helfen dem Bohlwerk!" berichtete Brunhilde stolz. „Ach ja?" fragte Jakob skeptisch. Und das kleine Mädchen erklärte aufgeregt: „Ja! Es heißt die Worahbes hassen Knoblauch, darum gliedern wir Knolle an Knolle und hängen die Ketten dann um die Fenster, damit die Monster nicht herein können. Und weißt du was?" „Nein, Knödelchen, weiß ich nicht." „Ich hab dir auch eine Kette gemacht! Damit dir die bösen Wesen nicht wehtun können." Jakob war gerührt, er wollte etwas sagen aber der Kloß in seinem Halse war wieder da und doppelt so groß wie zuvor. Brunhilde stellte sich auf die Zehenspitzen, hing ihren Bruder die Knoblauchkette um den Hals und sagte: „Sie soll dir Glück bringen und auf dich aufpassen, so wie du auf mich immer aufgepasst hast." Er konnte nicht an sich halten und umarmte sein Schwesterchen liebevoll. Er schloss seine Augen so fest er konnte, um seine Tränen zu verdrängen, hob das Mädchen einen halben Meter in die Höhe und bedeckte ihre Wangen und Stirn mit unzähligen Küssen. Brunhilde fing an zu kichern. „Genug... Genug, du Esel!"

lachte sie und strampelte mit ihren Füßen. Dann stellte sie Jakob wieder auf den Boden. Ihre Finger berührten seinen Mantel den einst ihr Vater getragen hatte, krallten sich sanft in selbigen und ihr heiteres Gesicht wurde um ein paar Nuancen ernster. „Du wirst jetzt gehen, richtig?" Der Bursche schluckte und nickte. „Komm bald zurück! Versprichst du's?" Jakob nickte erneut und sagte „Ja!... Selbstverständlich, ich kann dich doch nicht zu lange hier allein lassen, Gott weiß was du ansonsten für einen Unsinn anstellst." witzelte er. Sie wurde noch eine Spur ernster und klammerte sich mit ihren Fingern immer noch an den Mantel. „Wirklich versprochen?" fragte sie ein weiteres Mal. „Ich verspreche es! Hoch und heilig!" verkündete ihr Bruder, woraufhin sie wieder zu lächeln begann und seinen Mantel freigab. „Ich hab dich lieb!" fügte Jakob hinzu. „Ich dich auch, Bruder!" erwiderte Brunhilde und gesellte sich wieder zu ihren Spiel- beziehungsweise Bastelgefährtinnen. Jakob schnappte sich das Schwert, welches er am Bett seiner Mutter zurückgelassen hatte und bedachte sie und Brunhilde noch eines weiteren Blickes. „Lass das nicht das letzte Mal gewesen sein, dass ich die beiden sehe." dachte er und machte sich auf den Weg.

Die Eingangsebene des Kornlagers, diese Jakob gerade drauf und dran war zu verlassen, war brechend voll mit seinen Bohlwerk Kameraden, welche die letzten Vorbereitungen für ihren Einsatz trafen. Sie bewaffneten sich aber nicht nur, sondern sie kostümierten sich auch. Sie würden sich bei dem Fest unter die Narren mischen und erst dann die Masken fallen lassen und die Waffen blankziehen, wenn die Worahbes über die Feiernden herfallen. „Wir werden die Gewalt nicht beginnen, aber Gott stehe uns bei, wir werden sie beenden." schärfte ihnen Burgstaller ein. Als Jakob das Eingangstor erreichte viel ihm plötzlich noch eine weitere wichtige Sache ein um die er sich kümmern musste. Er machte kehrt und suchte in den Gesichtern seiner Mitstreiter nach einem passenden Kandidaten für seine Bitte. Sein Augenmerk fiel auf den Schuster Siegfried Bichler. Der Jungbauer trat zu eben diesen Schuhmacher und bat ihn ob er bevor er sich im Rathaus einfindet den Krämerladen seines Freundes Helmut Reintaler und dessen Frau aufsuchen könnte um sie davor zu warnen zu dem Narrenabend zu gehen. Bichler kannte den Krämerladenbesitzer und stand sich gut mit ihm, so willigte er ohne zu zögern ein. Jakob fiel ein Stein von Herzen. Da er nun auch diese Sache als erledigt betrachtete, konnte er sich endlich auf zur Brezita machen. Er öffnete das Tor und trat hindurch. Eisig kalter Wind peitschte ihm ins Gesicht. Es schneite und die Schneeverwehungen waren so schlimm, dass er kaum fünfzig Meter sehen konnte. Aber das musste er auch nicht. Schweigensend war seine Heimat, er könnte hier jeden Ort blind erreichen. Der Sturm jedoch verlangsamte ihn, sodass er für die Strecke weitaus länger brauchte als ansonsten. Wie in letzter Nacht erklomm er die äußeren Stufen der Himmelskutsche und drang in sie ein. Er zog das Schwert von Burgstallers Großvater unter seinem Mantel hervor und hielt es einsatzbereit. Er hastete die lange gewundene Treppe hinunter, vorbei an der Öffnung zu der Steuerebene, vorbei an der Gemächerebene und kurz bevor er die Versammlungsebene erreichte, hörte er eine Stimme. „...Ich verspreche ihnen daher einen schellen und schmerzarmen Tod. Unter der Voraussetzung natürlich, dass sie mir sagen, wer der Verräter war, damit er seine gerechte Bestrafung erhalten kann." Dann hörte er Annaliese den Satz fauchen: „Ich würde auch gerne den Namen eines Worahbes erfahren. Und zwar von denjenigen, der sie ins Leben geschissen hat!" „Gott sei Dank! Sie lebt!" dachte Jakob „Ich fürchte mit ihrer rüden Ausdrucksweise haben sie sich um das Wort >schmerzarm< gebracht. Nun, ich denke für primitive Lebewesen muss man auch zu primitiveren Mitteln greifen, um zielführende Ergebnisse zu erreichen." Sprach der Worahbes drohend. Der Bauernbursche wagte einen kurzen, vorsichtigen Blick in den Versammlungsraum der Brezita. Es war nur ein Worahbes bei Annaliese, dieser gerade in einer Truhe stöberte etwas daraus entnahm und sich umdrehte. Geschwind ging Jakob wieder in Deckung und lauschte. „Miswahrak nennen wir dieses kleine Hilfsmittel. Es wurde dafür entwickelt, minderwertigen Lebewesen die Widerspenstigkeit abzugewöhnen." Wieder späte der Junge in den Raum und berührte den Griff seines Schwertes, als der Übersetzer das Foltergerät an dem Ast demonstrierte. Fast wollte Jakob schon losstürmen, als ihm eine Idee kam. Er holte sein kleines Taschenmesser aus der Manteltasche, riss sich eine Knoblauchzwiebel von der Glücksbringerkette seiner Schwester und schnitt der Knolle die obere Hälfte ab, um danach die untere in seinem Handteller zu verstecken. „Sie können sich vorstellen, wenn man mit dem Miswahrak die Arme und Beine störrischer Geschöpfe behandelt, werden diese rasch umgänglicher. Sie können den Verräter ohnehin nicht schützen. Mit großer Wahrscheinlichkeit ist er unter den Verdächtigen, die bereits unter Beobachtung stehen. Also ersparen sie uns doch die Zeit und sich selbst unangenehme Schmerzen und sagen sie uns doch seinen Namen." Hörte der Jungbauer wie die Kreatur Annaliese unter Druck setzte und ließ die andere Hälfte der Knoblauchknolle sowie auch das Messer wieder in die Seitentasche von seinem Mantel fallen. „Einverstanden, dann sind sie also das erste Menschenwesen, das den Miswahrak zu spüren bekommt." Drohte der Worahbes, während der Jüngling noch einmal tief durchatmete und anschließend in den Versammlungsraum stürzte. „Jakob!" schrie Annaliese überglücklich. Er richtete drohen das Schwert der Kreatur entgegen und ohne diese aus den Augen zu lassen, fragte er die Maid: „Geht es ihnen gut, Fräulein Annaliese?" „Mein Kopf tut ein wenig weh, aber sonst fehlt mir nichts." antwortete sie und ein Stein fiel ihm von Herzen. Der Worahbes richtete kommentarlos das lange Foltergerät dem Bauernburschen entgegen und näherte sich ihm vorsichtig. Beinahe gleichzeitig holten sie zu ihrem ersten Hieb aus und die Waffen trafen sich. Der Raum wurde von einem dröhnenden Geräusch erfüllt, dessen Echo noch Sekunden nach dem Aufeinanderprall der Waffen zu hören war. Gleich darauf trafen sich Stab und Schwert erneut. Dieses Mal dauerte ihre Begegnung länger. Ihre Träger wollten mit all ihrer Kraft ihren Kontrahenten wegdrücken. So wetzte knirschend noch einige Augenblicke lang Eisen an Gestein. Die Greifvorrichtung des Foltergeräts öffnete sich wie das Maul eines hungrigen Monsters. Kurz darauf schloss es sich auch blitzartig und zog sich zusammen wie zwei gnadenlos strangulierende Hände. Der Ruck, der von dieser Aktion ausging, ließ die beiden Waffen voneinander abrutschen. Makoah bereitete sofort seinen nächsten Streich vor. Im letzten Moment erkannte der Junge, dass es sich nicht um einen Hieb handelte, sondern um einen Stoß. Abwehrend brachte er sein Schwert in eine schräge Position. Die Greifvorrichtung des Stabes bekam dabei unglücklicherweise seine Klinge zu fassen und hielt diese fest. Der Worahbes hatte die Waffe des Jungen in seiner Gewalt und zog sie und seinen Träger näher an sich heran. Jakob musste seine zweite Hand zur Unterstützung hinzuziehen und zerdrückte dabei die halbierten Knoblauchzehen am Griff des Schwertes. Der Worahbes schniefte und gab angewiderte Laute von sich. Doch seine Kraft, mit der er seinen Stab und die daran festgehaltene Klinge zur Seite zog, verringerte sich nicht. Jakob drückte so fest er konnte in die entgegengesetzte Richtung. Doch er spürte wie der veränderte Winkel, in dem er durch das Foltergerät gezwungen war die Waffe zu halten, ihn daran hinderte seine ganze Kraft ein zu setzen. Seine Handflächen schwitzten und rutschten wegen des zerdrückten Knoblauchs. Es war nur noch eine Frage von Sekunden, bis ihm das Schwert aus der Hand gerissen wurde. Jakob konnte selbst nicht genau sagen, was ihn zur folgenden Tat bewog. Doch instinktiv ließ er ohne Vorwarnung das Schwert los welches der Worahbes nun mit einer größeren Wucht als er geplant hatte weg schleuderte und sich mit dem Schwung mit drehte. Und genau diesen Moment nützte der Bursche um den Wesen seine linke Hand und den Knoblauchmatsch darauf ins Gesicht zu drücken. Der Worahbes kreischte vor Schmerz. Sein Gesicht dampfte. Er ließ seinen Stab fallen und versuchte das Zeug in seinem Gesicht los zu werden. Er fuchtelte mit seinen Armen wild herum und taumelte im Raum umher, bis er stöhnend sich an eine Wand lehnte und daran zu Boden glitt. Auf Makoahs immer noch dampfendem Gesicht hatten sich dicke Pusteln gebildet welche eine violette Flüssigkeit absonderten. „Jakob, pass auf!" schrie Annaliese. Der Jungbauer fuhr herum und sah, dass ein zweiter Worahbes den Raum betreten hatte. Nicht irgendein Worahbes. Der fehlende Arm und der Spalt in seiner linken Kopfhälfte machte es Jakob leicht ihn wieder zu erkennen. Die verletzte Kreatur musste sich in der Gemächerebene aufgehalten haben, um sich zu regenerieren, und wurde von den Kampfgeräuschen in den Versammlungsraum gelockt. Ehe Schönfelder Junior noch reagieren konnte, rammte die versehrte Kreatur ihn seine Faust in die Magengegend. Jakob ging in die Knie und gerade als er seine Arme zum Schutz erheben wollte, traf ihn ein zweiter Schlag des Worahbes ins Gesicht. Die Wucht dieses Hiebes schleuderte ihn zu Boden, auf dem er sich in Schmerzen windete. Er fühlte, wie in seinem Mund Blut zusammenfloss. Er spukte es aus und erkannte, dass er nicht weit von dem Schwert entfernt lag, dass durch das Loslassen Makoahs aus seiner Gefangenschaft des Folterstabes befreit war. Er kroch so schnell er konnte darauf zu, was in seiner Verfassung bei Weitem nicht schnell genug war, und streckte seine Hand danach aus. Aber schon packte ihn der Worahbes, den er von letzter Nacht kannte, an seinem Stiefel und zog ihn von der Waffe weg. Der Junge drehte sich auf dem Boden um und wollte die letzten Reste des Knoblauchbreies, den er noch an seiner linken Hand hatte, der Kreatur spüren lassen. Allerdings erkannte das Wesen seine Absichten und schlug seine Hand zur Seite, wodurch sich Jakob erneut mit dem Gesicht zu Boden wieder fand. Der Worahbes stieg ihn mit seinem linken Fuß auf das linke Handgelenk um einen weiteren Angriff seinerseits unmöglich zu machen. Der Worahbes ging in die Hocke und mit der einzigen Hand, die ihm noch blieb, umschlang er den Hals und Nacken

Jakobs und drückte zu. Dem Burschen war die Luft vollkommen abgeschnitten, sein Gesicht färbte sich rot und seine Augen traten ihm hervor. Er zappelte mit den Füssen und kratzte mit der rechten Hand hilflos über den Boden. Bis ihm das Taschenmesser in seiner Manteltasche einfiel. Die Zunge hing dem Jungbauern bereits aus dem Mund, aus welchem Blut und Speichel tropfte, als er endlich die Seitentasche mit seiner Hand erreichte, das Messer ertastete und herauszog. Er umfasste dessen Griff so fest er konnte und stieß es mit voller Wucht hinter sich. Der Raum wurde erneut von einem gellenden Schmerzschrei eines Worahbes erfüllt, welcher sofort seinen Griff lockerte, worauf der Bauernbursche wieder seine Lunge mit Luft füllen konnte. Jakob hatte der Kreatur das Messer direkt in sein gesundes Auge gestochen. Hustend und würgend sah er dem kreischenden Wesen zu, wie es zurücktaumelte. Dicke dampfende Pusteln bildeten sich um das Auge der Kreatur, dessen Gesicht und gesamter Kopf anschwoll. Sein schwellendes Haupt erreichte die Größe einer Wassermelone, dann platzte es. Graue Haut, rosa Gehirn, weiße Knochen, lila Venen und violettes Blut spritzen nach allen Seiten. Der Rest von dem Körper des Worahbes sacke zu Boden, wo er leblos liegen blieb. „Oh mein Gott!" kreischte Annaliese entsetzt, „Was hast du mit ihm gemacht?" Jakob war gerade dabei sich hoch zu rappeln. Er hielt sich den Bauch, der ihn wehtat. „Ich weiß es nicht." Antwortete er und klaubte das Schwert vom Boden auf. Er ging damit zu Makoah, der immer noch an der Felswand kauerte. Die Hälfte seines Gesichts war nach wie vor mit scheußlichen Pusteln übersät, welche jedoch nicht mehr dampften. Der Übersetzer war weggetreten aber er lebte noch. Als der Junge erkannte, dass dieser Worahbes auch keine unmittelbare Bedrohung mehr darstellte, stapfte er zu der Maid und durchschnitt ihre Fesseln. „Es hat ihm den Kopf zerrissen." sagte sie und er bemerkte dazu „Ist mir aufgefallen. Geht es ihnen wirklich gut, Fräulein Annaliese?" Sie stand auf und quittierte: „Ja! Aber hören sie mir eigentlich zu? Sie haben diese Kreatur getötet. Worahbes halten sich für unsterblich!" „Sieht aus als hätten sie sich geirrt." gab der Bauernbursche sarkastisch zurück. „Stimmt, aber wie haben sie das geschafft, Jakob? Haben sie eine Schwachstelle getroffen?" „Wohl kaum.

Gestern hab ich demselben Blutsauger seinen halben Kopf und Auge gespalten, jetzt stach ich bloß in sein anderes." „Das Messer, ist es aus einem besonderen Metall, Silber vielleicht?" bohrte die Magd weiter. „Nein... Aber ich habe damit eine Knoblauchknolle durchgeschnitten. Und die hatte ja auch auf diesen anderen Worahbes deutliche Auswirkungen. Könnte es das sein?" grübelte Schönfelder halblaut und mehr sich selbst fragend. Doch Annaliese ermutigte ihn begeistert. „Vielleicht! Lass es uns bei Gelegenheit nachprüfen." „Die Gelegenheit werden wir in Kürze bekommen!" eröffnete ihr der Junge, welcher die zweite Hälfte der Knoblauch, die sich noch in seiner Seitentasche befand nahm und die Klinge seines Schwertes daran rieb. Annaliese wollte wissen, wie er das meinte. Er sagte, dass jetzt dafür keine Zeit sei und er es ihr unterwegs erzählen würde. Die Dienstmagd wollte nicht unbewaffnet losziehen so schnappte sie sich Makoahs Folterstab. Dann liefen sie beide geschwächt und versehrt die Treppen der Brezita hinauf und dabei berichtete Jakob von Torahto. Er erzählte Annaliese, dass er es diesem Worahbes zu verdanken hatte, dass er sie retten konnte. „Außerdem sagte er, dass seine Sippe plane, heute Abend auf dem Narrenfest einen Akt der Gewalt auszuüben. Das Bohlwerk hat sich dort eingeschleust und die Kameraden werden sich den Blutsaugern entgegenstellen." Keuchte er mehrere Stufen auf einmal bezwingend. „Großer Gott! Du hättest lieber das Bohlwerk begleiten sollen und helfen die Dorfbewohner zu schützen!" tadelte ihn die Dienstmagd. Jakob drehte seinen Kopf nach hinten um dem jungen Fräulein in die enzianblauen Augen zu sehen. „Und dich der Qual und der Folter zu überlassen? Niemals! Ich bin nur froh, dass ich noch rechtzeitig eingetroffen bin!" sagte er sanft lächelnd. Annaliese erwiderte dieses und dachte: „Dich? Vergessen sie ihren Manieren, Herr Schönfelder, oder werden sie langsam zutraulich?" Aber sie sprach diesen stichelnden Gedanken nicht laut aus. Immerhin hatte der Bursche sie gerettet und sein Leben für sie aufs Spiel gesetzt. Ihre Wangen waren leicht errötet und sie verspürte ein warmes Gefühl in ihrer Brust. Dasselbe, welches Jakob in der Seinen wahrnahm, doch zumal er soeben fast über eine Stufe gestolpert wäre konzentrierte er sich nun wieder verstärkt auf seine Füße. Die Beiden erreichten den Ausgang der Brezita. Es war nicht nur ein heftiger eiskalter Sturm, der sie in Empfang nahm, ihnen die Schweißtropfen auf der Stirn zum Gefrieren brachte und sie fast aus dem Gleichgewicht brachte. Nein, es hatte noch dazu auch zu hageln begonnen.

Der Versammlungsraum des Schweigensender Rathauses war festlich geschmückt. Girlanden hingen von den Fenstern und den Wänden. Kinder warfen Konfettis in die Luft, welche auf die tanzenden und lachenden Besucher herniederschwebten. Die örtliche Kapelle heizte die ausgelassene Stimmung mit flotter Musik an. All die Probleme und verstörenden Ereignisse der vergangenen Tage schienen vergessen, oder zumindest exzellent verdrängt zu sein. Der Alkohol trug seine Hilfe dazu bei. Pfarrer Feichtinger hatte sich schon eine Stunde nach Einlass dermaßen am Wein erfreut, dass es ihm nicht aufgefallen war, dass er seinen Becher im Bottich der Worahbes anfüllte. Er schüttete sich die Flüssigkeit bereits in die Kehle als Bürgermeister Geller, welcher als Gockelhahn verkleidet war, ihn mit den Worten: „Hochwürden, nicht! Das ist für unsere Gäste!" zurückhielt. Der Mann des Glaubens schaute ihn verwirrt und mit vollem Munde an. Ein Narr mit Fuchsmaske stieß den Pfarrer leicht mit dem Ellenbogen in die Seite und sagte zynisch. „Trinket, dies ist unser Blut, welches wir für sie vergossen haben." Da begriff der Geistige und spuckte prustend das Blut seiner Mitbürger quer durch den Saal. Das tat der launigen Stimmung keinen Abbruch, erheiterte im Gegenteil viele der Verkleideten. Kinder jagten sich jubilierend und kreischen durch die Menge und verkrochen sich unter den Tischen auf dem das Bankett angerichtet war. Bauer Linauer labte sich maßlos daran und bewies Selbstironie bei der Wahl seiner Schweineverkleidung. Doch dafür dass diese aus einer echten Schweineschnauze und echten Schweineohren bestand konnte sich niemand begeistern. Er hatte den ganzen Tag nichts gegessen um sich hier auf dem Fest kostenlos den Wanst so richtig vollzuschlagen. „Ich habe noch nie ein Gänseblümchen so schön tanzen sehen!" rief Helmut Reintaler seiner Frau lachend zu. „Ich bin kein Gänseblümchen, ich bin ein Edelweiß!" berichtigte sie ihn amüsiert und zupfte an einem der vielen weißen Bändern die sie sich ins Haar gewebt hatte. Lieselotte liebte es zu tanzen. Man konnte es in ihrem Gesicht erkennen. Sie war schon immer ein Kind von Fröhlichkeit aber wenn sie tanzte lächelte sie nicht bloß wie immer, sie strahlte regelrecht, obgleich sie sich aufgrund der Worahbes etwas fürchtete. Aber in der Menge fühlte sie sich sicher. Sicher genug um sich ihren Abend nicht durch Ängste und Sorgen vermiesen zu lassen. Ihr grünes Kleid wogte harmonisch mit ihren Bewegungen mit, und blähte sich verführerisch auf, wenn sie eine Pirouette vollführte. Das Kostüm ihres Mannes war weniger originell. Helmut ging als Gespenst brachte sie aber mit seinen „Uuhhh!" und „Aahhh!" Geräuschen zum Kichern. Der Wirt Krieger stand rot angezogen, mit rot geschminkten Gesicht und einem grünen Haarteil auf dem Kopf in der Nähe der Theke. Häufig wurde er gefragt, was er darstellen wollte. „Eine Erdbeere." antwortete er. Ein besonders vorwitziger Hofnarr konterte: „Wohl eher eine Tomate!" und erntete dafür Lachsalven anderer Verkleideten in unmittelbarer Nähe. Krieger störte das Gelächter nicht, schloss sich diesem aber auch nicht an. Er hatte an diesem Abend viel Geld verdient denn die Getränke waren von ihm geliefert worden, bezahlt hatte die Gemeinde.

Aber auch der Gedanke an seinen finanziellen Gewinn konnte seine Stimmung nicht heben. Besorgt schaute er auf das tanzende Meer von bunt gekleideten Menschen. Er betastete seine rote Jacke und fühlte mit seinen Fingern die scharf geschliffene Axt, die er darunter verborgen hielt. Der Mann mit der Fuchsmaske spazierte an ihm vorbei und merkte, was die Erdbeere machte. „Schon was gesehen, Krieger?" fragte der Fuchs. „Nein Herr Burgstaller, ich wollte nur sichergehen, dass sie noch da ist." Die Worahbes standen hauptsächlich zwischen den Girlanden an den Wänden. Jeder von ihnen nippte lustlos an einem Glas kalten Blutes aus dem abgestandenen Bottich. Einige von ihnen bewegten sich Richtung Eingangstüre. Auf der anderen Seite des Saals ging ein Mann mit schwarzer Augenmaske von Pärchen zu Pärchen. „Herr Reintaler?" fragte er einen Grafen, eine weinende Maske und einen Zigeuner. Die Antwort die er immer erhielt war „Nein." Bis er schließlich auf das Gespenst traf, dieses antwortete kokett: „So hieß ich, als ich noch lebte, uhhhhuhhhhuuhhh!" „Jakob Schönfelder hat mich gebeten sie aufzusuchen. Leider war ihr Laden schon geschlossen. Er wollte, dass sie und ihre Frau nicht zu dem Fest kommen." Erklärte der maskierte Schuster Siegfried Bichler mit lauter Stimme um den Lärm der feiernden Menschen zu übertönen. „Warum sollte er wollen, dass wir uns diesen Spaß entgehen lassen?" fragte der Geist. „Weil wir informiert wurden, dass die Worahbes hier im Laufe des Abends etwas furchtbares Planen." Erklärte der Schuhmacher. Helmut nahm sich das Tuch vom Kopf. „Ach so ein Unsinn" winkte er ab, „Jakob erlaubt sich sicher nur einen Scherz mit uns." In diesem Moment kreischte ein junges Burgfräulein. Sie war von grauen Händen gepackt worden und ein großer langer Kopf war nahe an ihrem Nacken. „Ich beiße dich und trinke dein Blut!" verkündete der Jugendliche, der sich einen Jux erlaubte und sich als Worahbes verkleidet hatte. Alle umherstehenden lachten, so auch das Burgfräulein. Der Bürgermeister fand den Vorfall weniger komisch und befahl einigen Wachmännern den Burschen sofort raus zu werfen. Die Wächter taten wie ihnen geheißen und fischten sich den Störenfried aus der Menge heraus und zerrten ihn zur Tür. Jedoch mussten sie feststellen, dass sich diese nicht öffnen ließ. Einer der Wachmänner hatte einen passenden Schlüssel, steckte diesen ins Schloss. Doch als er ihn drehen wollte, riss er die Hand zurück und schrie auf. Das Metall des Schlüssels glühte rot und nur einen Augenblick später schmolz er vor ihren Augen. Die Wachmänner blickten einander verwirrt an und dann fragend zu Bürgermeister Geller der sie auf Schritt und Tritt beobachtet hatte. Er zuckte mit den Achseln und sah sich wiederum nach Worahmo um. Dieser erhob sich von seinem Ehrenplatz und entließ ein markerschütterndes Geräusch aus seinem Mund. Daraufhin herrschte Totenstille im Versammlungsraum. Gerade lange genug damit sich die erschrockenen Narren verunsicherte Blicke zuwarfen konnten. Zum ersten Mal an diesem Abend hörten die Besucher der Feier den Sturm, der draußen tobte und den Hagel, der gegen die Fenster klopfte. „Es ist zu spät..." sagte Bichler zu Reintaler. Und als die ersten Worahbes ihre Zähne in ihre Gastgeber versenkten, ward das Schweigen von allen gebrochen. Ein Chor von Schreien erklang im Saale des Rathauses. Schreie, in die sich viele verschiedene Empfindungen mischten. Von Schreck, Angst, Panik, Schmerz, Wut, Enttäuschung bis hin zu Trauer und Wahn war alles vertreten. Das Blut sprudelte aus den Wunden der gebissenen Schweigensender. Große Abstände bildeten sich zu den Worahbes, was die Drängerei unter den Narren nur noch schlimmer werden ließ. Frauen und Kinder wurden zu Boden gestoßen und Füße von in Panik geratene Bürger stiegen auf ihre Leiber. Die Blutsauger suchten sich ein Opfer nach dem anderen. Es ging ihnen nicht um Nahrungsaufnahme. Sie wollten so viele Menschen wie möglich willenlos machen oder diese töten, wie sie es eben von Fall zu Fall bevorzugten. Die Leute der Bürgerwehr die sich das Bohlwerk nannten hatten als die Hölle losbrach ihre Waffen hervor geholt und stellten sich unerschrocken gegen ihre Angreifer. Sie hieben auf die Wesen ein. Verletzten und verstümmelten sie, doch schafften sie es nicht, diese unschädlich zu machen. Ein Bauer stürmte mit seiner Mistgabel auf einen Worahbes mit einem blutigen Maul zu. Er hatte sein Arbeitsgerät direkt auf die Kreatur gerichtet und wollte sie aufspießen. Das Wesen wich zur Seite aus, der Bauer sah dieses zu spät, rammte die Mistgabel in den Wanst von Schweinezüchter Linauer und riss ihn damit ein großes Loch in den Bauch. Gurgelnd sackte der Unglückliche zu Boden, auf welchen sich nun auch sein Blut und ein Großteil des Bankett Essens aus seinem aufgerissenen Magen ergoss. Als Linauers Kopf auf dem Boden aufschlug, löste sich die aufgesetzte Schweineschnauze von seiner Nase und kullerte quer durch den Saal. Ein grauer Fuß trat auf den Schweinerüssel. Es war der als Worahbes verkleidete Jugendliche, der nun aus dem Gleichgewicht gebracht war und zur Seite kippte. Er stieß mit einem echten Worahbes zusammen welcher ihn, beziehungsweise seine Verkleidung, missbilligend beäugte. Das Wesen zischte zornig. Spott war bei den Worahbes gar nicht gerne gesehen, vor allen dann, wenn er gegen ihre Sippe gerichtet war. „Da, da, das war nur ein Schelmenstreiche mein guter... Ich wollte nie" mehr konnte der junge Mann nicht mehr sagen. Denn der verärgerte Worahbes riss ihn die Larve samt seinen Kopf darin vom Hals und warf diesen in hohen Bogen durch den Saal bis dieser an der Wand neben der Eingangstüre abprallte. Viele Männer hatten sich dort versammelt und versuchten verzweifelt die Tür aufzubrechen. Vieles davon waren Männer des Bohlwerks welche einen Verteidigungsring um jene Leute gezogen hatten die versuchten das Tor zu knacken. Weinende Frauen und Kinder versteckten sich hinter Vorhänge und unter Tischen. Manche wurden von den Vampirgästen entdeckt und hervorgezerrt. Geller hatte sich gleich, nachdem das Chaos ausgebrochen war, seine verschwitzte Gockelhahnverkleidung von seinem Haupt gewischt. Hatte sich dann in sein Büro zurückgezogen und sich darin verbarrikadiert. Burgstaller hatte sich seine Fuchsmaske von seinem Gesicht gezogen und den Bürgermeister dabei beobachtet. „Zum Teufel mit ihm!" verfluchte er ihn in seinen Gedanken. Doch er wusste, dass es jetzt wichtigeres zu tun gab, als sich um diesen Mistkerl zu kümmern. Menschenleben mussten gerettet werden. Er schnappte sich einen Stuhl und schlug damit eines der großen Fenster ein. Kalter Wind flutete den Versammlungsraum und löschte zahlreiche Kerzen. Eiskristallbrocken hagelte es durch das Fenster und man konnte aus der Ferne Donnergrollen vernehmen. „Krieger!" schrie der Müller „Hilf' mir die Leute hier raus zu schaffen!" Krieger und Bichler halfen ihm eine Person nach der anderen aus dem Fenster zu hieven und damit vorerst in Sicherheit zu bringen. „Wir müssen so viele rausbekommen, wie es nur geht!" brüllte der Mühlenbesitzer „Sag ihnen sie sollen sich in den Kornspeicher zurückziehen." Burgstaller standen Tränen in den Augen. Es waren weniger Tränen von Trauer um die vielen Toten und Verletzten, es waren Tränen der Wut, weil es so weit kommen musste und weil die Worahbes einen Gegner darstellten, der schien als könne man ihn nicht bewältigen. In diesem Moment schafften es seine Bohlwerk Kameraden, auf der anderen Seite des Saals die Eingangstür aufzubrechen.

Brunhilde wachte neben ihrer Mutter auf. Auf ihrem Stockwerk war alles finster und still. Aber von draußen konnte sie neben den prasselnden Hagelgeräuschen die hektischen Stimmen von Menschen hören. Schließlich wurde die Eingangstüre des Kornspeichers aufgerissen und ein Haufen Leute quellten in das Gebäude. Darunter Burgstaller und mit den Worten „Schnell hier herein!" trieb er sein Geleit an im Kornspeicher Schutz zu suchen. Es strömten mehr und mehr Schweigensender herein, und schon bald war die untere Ebene so voll, dass viele der Schutzsuchenden einen

Stock höher zu den Bissopfern hochsteigen mussten. Der Bauer Höllerer war einer der Letzten, die sich in den Kornspeicher quetschten. „Schließ die Tür!" brüllte er „Sie sind uns dicht auf den Fersen!" Zwei verletzte Gesellen und eine alte Frau wurden noch in das Gebäude gezogen dann wurde das Tor aus dickem Holz zugedrückt. Und das keinen Augenblick zu früh. Denn bevor die Tür ins Schloss fiel, streckte ein Worahbes Kopf und Hand durch den entstandenen engen Spalt. Ein Knecht hieb mit einem großen Hammer auf das Gesicht des Vampirs ein, brach damit mehrere Gesichtsknochen und verwandelte die Visage des Untiers zu einem violetten Matsch. Der Blutsauger zog seinen verletzten Kopf zurück, doch seine Hand verhinderte immer noch, dass das Tor geschlossen werden konnte. Höllerer nahm eine Axt und trennte mit zwei Schlägen den Arm des Wesens ab. Dieser fiel zu Boden und die Tür endlich ins Schloss. Sofort wurde das Tor mit dem schweren, dicken Querbalken versperrt. Die Schweigensender atmeten erleichtert auf. Und die Worahbes schlugen mit ihren Fäusten und traten mit ihren Füßen zornig von draußen an die hölzerne Barrikade.

Kirschgroße Hagelkörner trommelten auf Jakobs Mantel unter dem er und Annaliese Schutz gefunden hatten. Schritt für Schritt kämpften sie sich durch die Nacht und Richtung Schweigensend. Nicht alle Eisklumpen konnten von dem geerbten Mantel abgewehrt werden so hatten beide die eine oder andere Schürfwunde im Gesicht. Die Beiden hatten das Gefühl, dass sie Stunden für den Weg gebraucht hatten, als sie endlich den Hauptplatz erreichten. Der Marktplatz erhellte sie für einen kurzen Augenblick. Und nach drei Atemzügen folgte ein Donner. „Hast du schon jemals ein Gewitter im Winter bei Schneefall erlebt?" fragte der Junge. „Nein! Nie im Leben!" erhielt er von der Magd als Antwort. Es dauerte nicht mehr allzu lange und sie standen vor dem Rathaus. Im Handumdrehen wurde ihnen klar, dass sie zu spät kamen und das Fest vorüber war. Die Eingangstür war aus den Angeln gerissen und vor dem Gebäude lagen mindestens zwanzig tote Menschen. Der Anblick, der sich ihnen bot, war schrecklich, aber bei Weitem nicht so furchtbar wie der im inneren des Rathauses. Es brannten nur noch wenige Kerzen, doch man konnte gut erkennen, dass es auf dem gesamten

Fußboden keinen Quadratmeter gab auf dem keine Leiche, Blut, Gedärm oder abgetrennte Gliedmaße zu finden war. Es bestand kein Zweifel, die Worahbes hatten es geschafft ein Gemetzel anzurichten, so wie sie es sich vorgenommen hatten. „Großer Gott!" krächzte der Jungbauer. Annaliese zupfte an seinem Ärmel und keuchte zitternd: „Jakob, bitte lass uns gehen. Ich möchte das nicht sehen. Mir wird..." sie verdrehte die Augen und fiel in die Arme des Jungbauern. Er rüttelte sie. „Annaliese, komm zu dir. Bitte!" „Jakob?" hörte er eine ihn sehr bekannte Stimme aus dem Versammlungsraum. Der Bursche lehnte die ohnmächtige Maid an ein Stück Wand dass noch relativ frei von Blut war und ging weiter in den spärlich beleuchteten Saal. Vorsichtig stieg er über Körper und Leichenteile. Beinahe wäre er auf einer Schweineschnauze ausgerutscht, konnte aber an einem Stuhl noch halt finden und einen Sturz verhindern. Jetzt erkannte er die Umrisse einer Gestalt, die am Boden saß. Er näherte sich der Person, welche in einem weißen Laken gehüllt war. „Helmut?" fragte Schönfelder. „Oh, Jakob..." antwortete dieser und aus seinen Augen flossen Tränen. „Verdammt! Ich habe Bichler gebeten dich davor zu warnen hier her zu kommen." Helmut schniefte und erklärte: „Siegfried trifft keine Schuld, er warnte mich. Ja, er warnte mich so schnell er es vermochte, doch ich glaubte es nicht, und dann war es auch schon zu spät!" „Was ist geschehen?" fragte Jakob und fügte hinzu, als er das Gesicht seines Freundes sah: „Du blutest!" „Tun wir das nicht alle, Jakob? Tun wir das nicht alle? Oh, mein Gott! Es war so furchtbar, und es ist noch furchtbar. Alles ist so furchtbar, furchtbar!" heulte Reintaler. Der Bauernbursche legte seine Hand auf die Schulter des Krämers und begann ruhig auf ihn einzusprechen: „Helmut, bitte beruhi..." dann blieben ihm die Worte im Halse stecken und er erkannte das Gesicht in dem Schoß seines Freundes. „Lieselotte... Nein!" hauchte er. „Wir wollten doch nur tanzen..." weinte Helmut „...und dann um uns, nur Geschrei und Drängerei. Wir wussten gar nicht, was vor sich ging. Und dann stand auf einmal dieser Worahbes vor Lotte. Er griff nach ihr zog sie an ihren Haaren und an den weißen Bändern darin. Da wurde mir klar, dass die Geschichten, die man sich über diese Dinger erzählte, nicht bloß Geschichten waren. Ich stürzte mich auf diesen... auf diesen... Blutsauger. Schlug seinen Kopf mit meiner Faust. Wieder und wieder, bis er mich abschüttelte und mich auf einen Tisch mit hunderten von Gläsern schleuderte. Der Tisch zerbrach unter meinem Gewicht und schon lag ich mit meinem Gesicht voller Scherben auf dem Boden und musste mit ansehen, wie sich dieses Monster wieder meiner Frau zuwandte. Jakob, sie hatte solche Angst. So wahnsinnig große Angst und ich konnte ihr nicht helfen... und ich konnte sie nicht retten." Ein heftiger Heulkrampf erschütterte Helmuts Körper. Der Bauernbursche hatte noch nie in seinem Leben einen Menschen so Weinen sehen, es klang mehr nach einem heiseren Brüllen. Es machte ihm ein wenig Angst, es klang als wolle sein Freund seine Seele aus sich hinaus schreien. Jakob umarmte seinen Kindheitsfreund, aber auch dadurch ließen sich die Qualen nicht mindern, aber was anderes fiel ihm eben nicht ein. Reintalers Augen waren mehr rot als weiß und Rotz floss ihm in rauen Mengen aus der Nase. Helmuts Stimme war nur noch ein belegtes Krächzen, als er sich fertig verausgabt hatte und die Geschichte fortsetzte. „Der Vampir wollte schon in Lieselottes Nacken beißen, doch sie wehrte sich und zog an dem

Rosenkranz Kettchen, dass sie um den Hals trug. Daran hing ein kleines Kruzifix aus fein geschliffenem Holz, welches ich ihr zu unserem fünften Hochzeitstag schenkte. Nun hielt sie es schützend vor sich, direkt in das Gesicht des Unholds. Aber das machte die Bestie nur wütender. Der Blutsauger schlug ihr das Kreuz aus der Hand. Es flog gegen die Wand und zersplitterte dort. Im rasenden Zorn krallte sich der Worahbes an Lottes Brust. Die Finger des Ungetüms drangen zwischen ihre Rippen in den Brustkorb ein und rissen diesen auf... Ich...." Helmut wurde erneut von seiner Trauer gebeutelt und vergrub sein Gesicht im Mantel seines Freundes. „...Ich kroch wie ein Wurm aus den Trümmern des Tischs und den Scherbenhaufen hervor und konnte sehen, wie sich ihre entblößten Lungensäcke aufblähten. Sich noch einmal mit Luft füllten. Das Biest ließ den sterbenden Körper Lottes zu Boden fallen und war schon in begriff sich ein neues Opfer zu suchen. Kriechend erreichte ich endlich meine Liebste. Ich weiß nicht, ob sie mich noch wahrnehmen konnte. Hinter den zusammensackenden Lungenflügeln meiner Frau konnte ich ihr gutmütiges Herz sehen, welches noch schlug. Aber von Mal zu Mal schwächer wurde... Bis es ganz aufhörte. Aber in meinem Kopf, Jakob, in meinem Kopf schlug es weiter! Und sein klopfen wurde immer lauter. Das Klopfen, es tat so weh, alles verschwamm zu einem flammenden Brei. Irgendwie hatte ich es geschafft auf die Beine zu kommen und den Worahbes zu verfolgen. Als er mich bemerkte und sich mir zu wendete, schlug ich ihn in den Bauch. Der erste Schlag fühlte sich an als würde man einen Wäschesack verprügeln. Aber beim zweiten Mal, Jakob, drang meine Faust in seinen gottverdammten Wamst ein. Die Haut von diesen Dingern ist nicht die dickste. Kalt sind sie innen. Kalt wie Fische. Ich schlug und schlug. Stieß Loch um Loch in seinen Bauch bis seine garstigen Eingeweide herausquollen. Siehst du?" Dann streckte er seinen rechten Arm vor sich und Jakob in die Höhe und dank eines Blitzes, der genau in diesem Moment auf die Erde niederschlug, konnte der Jungbauer sehen, dass der Arm seines Freundes voll violetter Flüssigkeit war. Helmut begann zu lachen. Es war ein irres, Furcht einflößendes Lachen und als sich auch noch der Donner darunter mischte erschauderte Schönfelder. „Dann floh der Blutsauger. Seine Gedärme schliff er am

Boden hinter sich her, Jakob, das hättest du sehen sollen!" dann gab er wieder verrücktes Lachen von sich. Keine zwei Atemzüge später war Helmuts Gelächter restlos verschwunden und wurde wieder durch Gewimmer ersetzt. „Sie ist Tod, Jakob, TOD! Ihr Körper ist so kalt. Ich habe sie mit ihrem Kleid zugedeckt, aber es hat nichts geholfen. Ich muss sie wärmen... So wie sie mich immer wärmte. Nachts wärmte sie mein Bett, des Tages wärmte sie mein Herz! Mein liebes, kleines, tanzendes Edelweiß Blümchen... Immer hatte sie ein Lächeln in ihrem Gesicht... jetzt ist es erloschen... für immer... für immer..." „Jakob! Da kommt jemand!" schrie Annaliese, die wieder zu sich gekommen war und neben der aufgebrochenen Eingangstüre stand. Der Jungbauer eilte mit fest umklammertem Schwert zu ihr. „Was zur Hölle macht ihr da drinnen noch?" fragte Wachtmeister Grünzweig, welcher von einer zehn Mann starken Gruppe begleitet wurde. „Wir wollten helfen! Aber es scheint wir kamen zu spät." erklärte Schönfelder betrübt. Das Oberhaupt der Wache brummte: „Ja! Hier können wir nichts mehr tun, aber für Schweigensend ist es noch nicht zu spät! Das Bohlwerk hat sich mit den Überlebenden in das

Kornlager zurückgezogen. Kommt mit und helft uns dort!" „Einverstanden, aber warum seit ihr noch nicht dort?" hinterfragte Jakob. Grünzweig entkam ein zufriedenes Lächeln und erklärte: „Wir mussten uns zuerst noch um eine Kleinigkeit kümmern. Als das Haupttor, welches die Worahbes mit irgendwas präpariert hatten aufgebrochen war und die panische Flucht aus dem Rathaus stattfand, sahen wir auch unseren geschätzten Bürgermeister und seine beiden Handlanger, die sich still und heimlich fortstehlen wollten. Und zwar ganz und gar. Sie schlichen sich in die Stallungen und spannten Pferde vor die Kutsche. Bevor sie das Weite suchen konnten, zerrten wir sie aus ihrem Fuhrwerk und brachten sie in den Kerker. Sollte Schweigensend diese Krise überleben, werden die Bürger mit den Leuten noch das eine oder andere Hühnchen zu rupfen haben, könnte ich mir vorstellen. Das heißt sollten wir die Nacht überhaupt überleben." „Dabei fällt mir ein, dass wir vermutlich einen Weg gefunden haben, wie man die Worahbes zur Strecke bringt. Wir entdeckten es durch Zufall als ich mit einer mit Knoblauchsaft getränkten Klinge, die ich in das Auge eines Blutsaugers rammte, diesen zum Platzen brachte." Der Wachtmeister staunte:

„Ist das ihr ernst? Gott segne sie junger Mann, wenn das stimmt." „Nun, wie gesagt es war nur ein Worahbes, wir wissen nicht, ob es sich dabei um Zufall handelte." Gestand der Junge. „Es ist immerhin eine Chance, leider ist Knoblauch seit einigen Tagen eine Mangelwahre." Sprach Grünzweig. Jakob riss daraufhin einige Knollen von seiner Glückskette und bot sie den Wachmännern an. „Nehmt diese!" „Habt Dank, Kamerad und nun lasst uns dem Bohlwerk zu Hilfe eilen! Was ist mit dem da drinnen?" fragte der Befehlshaber der Wache. Jakob blickte zu Helmut der Lieselotte in den Armen hielt und mit ihrem Leichnam sprach. „Lasst ihn! In seiner Verfassung ist er uns keine Hilfe. Kommt, lasst uns gehen! Und lasst uns hoffen, dass es noch nicht zu spät ist." Annaliese und er schlossen sich den Wachmännern an und liefen durch das nächtliche Dorf. Der Schneefall war so stark und dicht, so wie in jener Nacht, als die Worahbes in Schweigensend landeten. Der Sturm hatte seinen Höhe Punkt hinter sich gelassen, war aber immer noch stark genug und verursachte Schmerzen in den Gesichtern der Gefährten. Plötzlich blitzte es wieder und ein ohrenbetäubender Donner folgte sofort darauf. Die Erde bebte unter ihren Füßen.

Für Brunhilde war der Donner noch lauter. Denn der Blitz schlug direkt im Dach des Kornspeichers ein. Staub rieselte daraufhin von den Deckenbalken. Das kleine Mädchen versteckte sich unter der Decke und kuschelte sich an ihre apathische Mutter, welche bei dem Knall nicht einmal mit den Augen blinzelte.

Der älteste der Worahbes, Worahmo, hatte den Einschlag des Blitzes auch gesehen, zumal er ein gutes Stück von dem Kornlager entfernt stand, damit er sich einen Überblick über die Lage verschaffen konnte. Die elektrische Entladung hatte in seiner zerstörerischen Wut ein Loch in das Dach des Gebäudes gestoßen. Mit dem längsten seiner drei Finger zeigte der Anführer auf die leicht qualmende Spitze des Kornlagers und gab Schmatz- und Klackgeräusche von sich. Daraufhin liefen er und fünf seiner Diener los. Die anderen Worahbes hatten nach wie vor keine Fortschritte mit dem Knacken des dicken Tores gemacht. Abfällig zischte Worahmo, als er dies erkannte, widmete seine Aufmerksamkeit aber dann gleich der Mauer und begann diese zu besteigen. Die Steine der Wand boten seinen Füßen und Klauen exzellenten Halt. Brunhilde hörte das unheimliche Scharren an der Wand. Eine Gänsehaut lief ihr über die Arme und Schultern. Und gerade als Worahmo und seine fünf Begleiter den Kornspeicher erklommen hatten, sahen sie wie dreizehn Menschen brüllend und mit ihren lächerlichen Waffen herumfuchtelnd auf die belagernden Worahbes zugestürmt kamen. Der Älteste schmatzte belustigt. Doch seine höhnischen Laute verstummten als die Angreifer ihre ersten Treffer landeten. Seine Krieger grölten und zischten vor Schmerz, als die Menschenwaffen in ihre Körper drangen. Ihre Wunden dampften, bluteten und schwollen an. Die Schwellungen wurden größer und größer bist der Druck von ihren Leibern nicht mehr zu bewältigen war und er sie in hunderte Stückchen zerfetzte. Worahmo war erschüttert. Auf keinem seiner Eroberungsfeldzüge hatten minderwertige Lebewesen seinem auserwählten Volk so etwas angetan. Woher kam diese ungeheure Macht? Hatte er diese einfältigen Geschöpfe unterschätzt? Mit jedem Worahbes, der in blutige Stücke zerplatzte, schrumpfte Worahmos Hoffnung die Erde erobern zu können. Nun hatten auch noch die Menschen im Kornlager von dem Aufruhr draußen Wind bekommen. Sie öffneten das Tor, verließen das Gebäude und unterstützen eifrig ihre Kameraden.

Jakob hatte gerade einen Vampir Burgstallers Schwert in die Kehle gerammt. Zufrieden beobachtete er wie Dampf aus der Wunde trat und die Schwellung mit den ekelhaften Pusteln erschien. Und kurz darauf explodierte der Blutsauger auch schon. Fetzen seines Brustkorbes spritzten durch die Luft, auch über den Jungen selbst. Und der Kopf der Kreatur wurde nach hinten geschleudert und prallte an die Steinwand des Kornlagers. „Annaliese!" rief er nach der Maid, welche mit dem mit Knoblauch eingeschmierten Miswahrak ein Worahbes Haupt nach dem anderen zum Platzen brachte. „Ja, Jakob?" antwortete sie. „Bitte postiere dich vor dem Eingang des Kornspeichers. Kein Worahbes darf dort hinein!" bat er sie, was sie mit einem knappen „Einverstanden!" quittierte und sich auf den Weg machte. Er strich eine neue Schicht Knoblauch auf die von violettem Blut getränkte Klinge und stürzte sich wieder in die Schlacht.

Brunhilde hatte es gewagt sich an ein Fenster zu schleichen und beobachtete ängstlich die Schlacht, die draußen tobte wie das Gewitter. Ein knarren von der Treppe, die einen Stock höher führte ließ das kleine Mädchen zusammenfahren. Dunkelgraue Füße stiegen eine Holzstufe nach der anderen herunter. „Die Monster sind herinnen." dachte die Bauerntochter. Und schon stand sie Auge in Auge mit sechs Vampiren monströser Größe. Brunhilde riss eine Knoblauchkette, welche um das Fenster herum angebracht war und hielt sie sich schützend vor die Brust. Der größte dieser Ungeheuer stapfte langsam auf sie zu. Panik stieg in dem Kind auf und sie riss eine Knoblauchzwiebel nach der anderen von der Kette und schleuderte sie in seine Richtung. Die Knollen verfehlten ihn. Wieder und wieder. Eine zischte knapp zwischen seinem rechten Arm und Körper hindurch, eine andere klatschte an die Wand zu seiner linken. Und als er nur noch zwei Meter von dem blonden Mädchen entfernt war, landete sie einen Treffer auf seiner Brust. Zumal sie die Knoblauchzwiebel in ihrer Hektik in ihrer Hand gequetscht hatte spürte Worahmo ihren Saft und damit auch ein gewisses Brennen an dem

Fleck wo sie traf. Er wischte sich mit seinen Klauen die kleinen Bröckchen weg die noch auf seiner knochigen Brust vorzufinden waren und diese leicht zu dampfen brachte. Verärgert zischte er und packte das flüchten wollende Mädchen am Nacken. Seine Finger bohrten sich in ihre Haut und sie kreischte vor Schreck und Schmerz.

Annaliese hörte Brunhildes Schrei von ihrer Wachposition und war im Begriff ihr zu Hilfe zu eilen. Sie kam nur bis zu der Treppe, an der ihr schon die sechs Worahbes entgegen kamen. Angeführt von Worahmo der Brunhilde, wie einen Schild vor sich hertrug. Seine linke Hand hielt sie an ihrem Nacken in die Höhe, seine rechte hatte er dem Kind an den Hals gelegt. Brunhilde weinte, forderte das Biest auf losgelassen zu werden und bettelte Annaliese an um Hilfe. Die Dienstmagd wankte rückwärts. Sie konnte nichts machen. Eine falsche Bewegung ihrerseits und der Älteste der Worahbes würde dem kleinen Mädchen die Kehle herausreißen. „Jakob!" schrie sieh verzweifelt und ein weiteres Mal mit noch lauterer Stimme, als sie das Eingangstor erreichte und zu der Schlacht hinaus sah. Aber der Jungbauer war nicht zu sehen. Die Maid verharrte an der Position, die sie bewachen sollte und Worahmo kam Schritt für Schritt näher. Schließlich standen sie sich von Angesicht zu Angesicht gegenüber. Er wollte sich gerade an ihr vorbei aus dem Kornspeicher drängen, da betrachtete er sie noch einmal genauer. Seine tiefschwarzen Augen musterten sie. Annaliese registrierte an seinem Zischen, dass er sie erkannte. Er hatte sie auf der Versammlung gesehen. Er wusste, sie war die Frau, welche durch ihr Einmischen, seinen fein ausgearbeiteten Plan, über den Haufen geworfen hatte. Seine rechte Klaue verließ blitzschnell den Hals Brunhildes und schlug mit einer Wischbewegung dem Fräulein ins Gesicht. Der mächtige Hieb der Kreatur ließ Annaliese den Boden unter ihren Füßen verlieren, sie wurde anderthalb Meter durch die Luft geschleudert und landete unsanft auf drei Stühlen an der Wand, wo sie regungslos liegen blieb.

Das Bohlwerk hatte mehr als die Hälfte der Worahbes vor dem Kornspeicher erledigt. Siegesstimmung kam unter den Verteidiger Schweigensend auf. Auch Jakob, obgleich er vor Verausgabung keuchte, konnte ein dezentes Grinsen nicht zurückhalten. Es war ihm nicht lange vergönnt. Als er seine kleine Schwester in den groben Händen des Biests sah gefror es in seinem Gesicht. Er bildete sich ein er konnte fühlen, wie es regelrecht abbröckelte und nur einen Ausdruck blanken Entsetzens zurückließ. „Schluuuß!" brüllte Worahmo mit tiefer allesdurchdringender Stimme. Alle Augen, sowohl die von den Worahbes also auch jene der Bohlwerk Streiter richteten sich auf ihn. Seine fünf Begleiter verteilten sich im freien um ihren Anführer. Als die Stille Einzug erhielt, stellte Burgstaller fest: „Sieh an, der Älteste der Worahbes kann ja doch unsere Sprache und braucht seinen Übersetzer gar nicht." „Ganz recht!" antwortete Worahmo und fügte hinzu: „Auch wenn es mir zutiefst zu wieder ist eure primitiven Laute auszusprechen! Und jetzt senkt eure Waffen und ergebt euch." Jakob trat entschlossen vor den über drei Meter großen Anführer und forderte. „Nein! Du lässt sofort meine Schwester los oder ich schwöre bei Gott es wird dir leid tun!" „Schweige, minderwertiges Wesen. Weißt du denn nicht, mit wem du sprichst? Ich bin Worahmo, der Älteste des auserwählten Geschlechts der Worahbes, ich bin der Gott von deinem Gott! Und nun lass deine Waffe fallen..." Sprach er und hob Brunhilde über seinem Kopf „... oder ich reiße dieses Kind in der Mitte auseinander und ziere mich mit ihren Eingeweiden! Wird's bald? Weg mit euren Wa..." in diesem Moment schloss sich die Greifvorrichtung des Miswahrak an seinem linken Fuß. Annaliese hatte sich mit Blutüberströmten Gesicht über den Boden geschleppt und Worahmos Bein mit dem Folterstab der Worahbes zu fassen bekommen. Mit einem schmerzverzerrten und gnadenlosen Gesichtsausdruck betätigte sie den Schalter, der das Gerät in Betrieb setzte. Das Bein des Ältesten wurde zusammen gequetscht und man konnte trotz des Sturms ein grauenerregendes Schnalzgeräusch vernehmen, welches einem durch und durch ging. Man kann nicht genau sagen an wie vielen Stellen Worahmos Beinknochen gebrochen waren. Sein Schienbein ragte zumindest oberhalb und unterhalb des Miswahraks aus seiner dunkelgrauen Haut. Noch bevor er wusste wie ihm geschah sackte er nach links zusammen und fiel zu Boden. Jakob hechtete nach vorne fing Brunhilde und entriss sie aus den Klauen des Monsters. Sofort waren seine Kameraden zu Stelle und hielten die übrigen Wesen in Schach. Burgstaller stellte triumphierend lächelnd seinen Fuß auf die Schulter des Ältesten und drückte seinen Körper zu Boden. Brunhilde klammerte sich weinend an ihren Bruder und Jakob drückte sie fest an sich. Er gab Markus das Schwert seines Großvaters zurück und verkündete: „Deines Großvaters Meisterstück hat sich als wahrlich unschätzbare Hilfe erwiesen, bewahre es in Ehren wie die Erinnerung an seinen Schmied." Burgstaller nahm von Jakob verzückt die Waffe entgegen und hielt sie feierlich gen Himmel. Die Kameraden des Bohlwerks taten es ihm gleich und jubelten triumphierend. Es war vorbei.

Die Handvoll Worahbes welche die Nacht überlebt hatten zwang man in die Brezita zurückzukehren. Worahmo wurde als Geisel vorübergehend von den Schweigensendern in Gewahrsam genommen. Medikus Stiefsohn wurde gebeten das Bein der Kreatur zu behandeln. Auch kümmerte er sich um Fräulein Hofstadlers Gesicht, welches er mit vielen Stichen nähen musste. Brunhildes Verletzungen waren Gottlob nicht so schlimm wie gedacht, wurden von dem Heilkundler lediglich gesäubert und verbunden. Am nächsten Morgen brachte man auf einem Schlitten den Ältesten der Worahbes mit seiner restlichen Sippe, welche in der Kirche zurückgeblieben war, zu der Himmelskutsche. Jakob und Annaliese waren unter den Zuschauern. Sie konnte dem Geschehen nur mit ihrem rechten Auge verfolgen denn ihre linke Gesichtshälfte war einbandagiert. Einer der Worahbes entfernte sich aus der Gruppe und peilte Schönfelder und Hofstadler an. Ein paar Männer des Bohlwerks wollten das Wesen daran hindern doch Jakob sagte, dass es in Ordnung sei und sie das Geschöpf in Frieden lassen sollen. Es war Torahto, er stützte sich auf einen Stock. Annaliese hielt sich schockiert die Hand vor den Mund, als sie erkannte, warum er so zögerlich wankte. Man hatte ihn die linke Hand und das rechte Bein abgeschlagen. „Warum so entsetzt, Fräulein Annaliese?" eröffnete der Worahbes, als er den Beiden gegenüberstand. „Ihr seid doch vertraut mit unseren Lehren. Ihr wusstet, was ein Worahbes zu erwarten hat, wenn er die Worahbes verrät. Und ich wusste es auch." Eine dicke Träne lief aus Annalieses rechtem

Auge und über ihre Wange. Das verstümmelte Geschöpf wischte ihr vorsichtig mit seiner verbliebenen Hand den Tropfen fort und sprach ruhig auf sie ein: „Weinet nicht, liebstes Fräulein Annaliese. Lasst mich euch eines sagen, wenn euch dies ein Trost ist. Ihr wisst ja, meine Bestrafung soll mich als Verräter brandmarken und mich ewig an diese Schande erinnern. Ja, Fräulein Annaliese, ich werde mich auf ewig an meine Tat erinnern. Doch nicht mit dem Gefühl von Scham und Schande. Sondern mit Stolz. Stolz dem Volk des wunderbarsten Geschöpfes von allen Lebenden geholfen zu haben." Annaliese schniefte und hielt Torahtos gesunde Klaue. Sanft strichen seine drei Finger über die Haut von der Hand der Dienstmagd. Auch Jakob reichte dem Wesen die Hand. „Was ihr getan habt Torahto, war sehr edel. Es war mir eine Ehre ihnen begegnet zu sein und bedaure, dass wir nicht mehr Zeit hatten, uns näher zu kommen." Der Worahbes ergriff seine ihm angebotene Hand und sprach. „Bedauert es meinethalben, doch nicht zu sehr. Wisset, wir sind, was wir sind. Waren wir immer und werden es immer sein. Diese Welt ist nicht die Unsrige und so soll es auch bleiben. Alles, worum ich sie bitte, Jakob Schönfelder, ist, dass sie Fräulein Annaliese beschützen und dafür sorgen, dass es ihr an nichts fehlt. Können sie mir dieses Versprechen geben?" „Ich werde mein Bestes tun. Ich verspreche es." bejahte der junge Mann nickend. Dann drehte sich Torahto um und humpelte auf die Brezita zu. Ein letztes Mal drehte er den Kopf zu den Beiden, um einen letzten Blick auf die Maid zu erhaschen. Seine traurigen tiefschwarzen Augen sogen sie förmlich auf. Ihr Blut und die Erinnerungen an die Zeit mit ihr würden ihn für immer begleiten. Er würde immer ihrer Gedenken, auch wenn sie schon lange Tod und ihre Gebeine eine dermaßen große Distanz entfernt sein würde, die man ohne Brezita nie erreichen könnte. Orangefarbene Tränen flossen ihm aus seinen tiefen Augenhöhlen. Er kehrte ihr den Rücken um sie niemals wieder zu sehen und humpelte ins Innere der Himmelskutsche. Worahmo war der Letzte, den man in die Brezita brachte. Zuvor machte man ihm klar, dass er und sein Volk sich von der Erde fernzuhalten hatten und es nicht wagen sollten jemals wieder zurück zu kommen. Ansonsten würde man nicht mehr so gnädig mit ihnen verfahren. Zischend und murrend gab er sein Wort die Menschen künftig zu meiden. Dann nahmen seine Diener sich seiner an und brachten ihren Ältesten ins Innere der Himmelskutsche. Es dauerte nicht lange und diese schloss sich wieder wie eine Rosenknospe, bis sie der Form einer steinernen Träne glich, welche zu glühen begann. Alsbald verspürten die Schweigensender eine Druckwelle und die Brezita erhob sich in die Höhe. Jakob hielt tröstend Annalieses Hand, bis die Himmelskutsche so hoch gestiegen war, dass sie keiner der Beiden mehr sehen konnte. Nur der Krater in Bauer Grünzweigs Rübenacker blieb zurück und zeugte von dem Besuch der Worahbes in Schweigensend.

Ja, das Volk von Schweigensend erwies den fremden Wesen, obgleich sie Tod, Verlust und Chaos über sie brachten, die Gunst der Gnade. Eine Gunst, die sie allerdings den Verrätern in ihren eigenen Reihen nicht zu Teil werden ließen. Diese endeten, wie seit jeher Verräter endeten. Nachdem man Braunfels und Schweiger vernommen hatte, gestanden beide, dass sie von Bürgermeister Geller gekauft wurden. Der Herausgeber des

Schweigensender-Tageblatts fügte sogar hinzu, dass die Geschichte über Einfaltshausen wahr war und es ihm leidtat, dass er diese Wahrheit verschwiegen hatte. Der Ausrufer Günther Schweiger kam noch am glimpflichsten von den drei Gefangenen davon. Er war zwar korrupt, wie er zugab, doch kannte er nicht das Ausmaß an Gefahr welches er durch seine Tätigkeit über seine Mitmenschen brachte. Dennoch wollte man sichergehen, dass er künftig keine gekauften und verlogenen Verschleierungen mehr von sich geben konnte und schnitt ihn die Zunge aus dem Mund. Fortan lebte Schweiger als angenehm ruhige Person und gab seinem Namen einen zynischen Beigeschmack. Maximilian Braunfels, der Herausgeber des Schweigensender-Tageblatts hatte weniger Glück. Zappelnd und eingenässt konnte er die letzten Augenblicke seines Lebens auf einer alten Buche hängend verbringen. Von dort aus hatte er einen schönen Ausblick und konnte in seinen letzten Momenten noch das schöne, rustikale Dorf sehen welches er fast durch sein perfides verheimlichen der Wahrheit der Vernichtung ausgesetzt hätte. Das blau angelaufene Gesicht und der nach Luft ringende, zuckende Körper kam schon bald zur Ruhe. Das Leben verließ ihn so wie auch sein Darminhalt. Dann schwankte er nur noch ruhig im Wind. Bürgermeister Geller wurde der wütenden Meute im wahrsten Sinne des Wortes vor die Füße geworfen. Die zornigen Bürger zerfetzten regelrecht seine Kleider, sowie auch seinen Körper. Messer und Mistgabeln stachen auf den korrupten Volksvertreter ein. Axthiebe trennten ihn mit mehreren Schlägen alle Glieder vom Leib. Finger bohrten sich in Stichwundern und rissen Haut und Fleischstücke von der Brust des vor Schmerzen kreischenden alten, von Schweiß triefenden Mannes. Schließlich erbarmte sich Knecht Danzer und Enthauptete den dicken Bürgermeister. Die Leute von Schweigensend dachten sie würden nie erfahren, was der Preis für den verachtenswerten Verrat ihres Oberhauptes gewesen war. Doch als man seinen abgetrennten Schädel auf einen Stab spießen wollte, offenbarte sich die Antwort. Das Leben hatte Gellers Kopf nicht verlassen. Die Worahbes hatten ihn zu einen von ihnen gemacht. Sie schenkten ihm das ewige Leben. Von dieser Gunst hatte der Bürgermeister aber nun nicht mehr viel. Alles, was sie ihm brachte, war, dass er mit ansehen durfte wie seine abgehackten Gliedmaßen und sein Leib, zumindest das, was davon noch übrig war, an die Schweine von Bauer Linauer verfüttert wurde. Grunzend und schmatzend taten sie sich daran gütig. Rissen Organe und Eingeweide aus dem fetten Wanst. Haut und Fleischfetzen hingen den zufriedenen Tieren zwischen den Hauern. Zwei der Eber stritten sich quiekend um Gellers Herz welches in deren Fängen, obgleich es vom Körper schon längst getrennt war, immer noch pochte. Zumindest, bis sie es in zwei rissen und ihr Streit damit beendet war. Der Mund des Bürgermeisters öffnete und schloss sich, tonlos, aber immer und immer wieder. Nachdem der letzte Bissen Fleisch vertilgt und der letzte Knochen abgenagt war packte man die übrig gebliebenen Gebeine in eine kleine Holzkiste. Der Kopf Gellers wurde an den nur seitlich vorhandenen Haaren gepackt und ebenfalls in die Kiste gestopft. Bis zum Ende aller Tage würde der Volksverräter, seine Überreste anstarrend, in jener kleinen stinkenden Kiste verbringen. Oder zumindest bis Würmer und Maden einen Weg durch das morsche Holz finden und den Rest von ihm verzehren würden. „Wir wünschen dir eine frohe Ewigkeit, du mieser Drecksack!" sagte Helmut Reintaler und spuckte in die Kiste. Viele taten es ihm gleich, bevor sie diese zunagelten und in einem tiefen Erdloch außerhalb des Dorfes verscharrten. Dann begrub man die Opfer der Worahbes. Das gesamte Dorf verabschiedete sich von ihnen mit aufrichtiger Trauer. Pfarrer Feichtinger läutete die Kirchenglocken für jede einzelne Seele, mit Ausnahme von der von Braunfels und Geller. Jakob stützte seinen Freund Helmut Reintaler, der seine Frau Lieselotte zu Grabe trug. Die Freude seines Lebens war unwiederbringlich verschwunden. Doch konnte er zumindest seinen Wahn überwinden und fand wieder zu sich. Auch wenn es ihn an vielen darauffolgenden Tagen lieber gewesen wäre er hätte seinen Verstand verloren und nicht seine geliebte Lotte. Man beschloss niemanden von diesen dunklen Tagen zu berichten und das Ableben so vieler Bürger mit der Epidemie einer Seuche schriftlich festzuhalten. Es mag sein, dass der eine oder andere sich nicht an diese Abmachung hielt. Aber die Geschichte von Blutsaugenden großen Wesen wurden von den Zuhörern als Spinnerei eines Betrunkenen oder Verrückten abgetan und schnell wieder vergessen. Annaliese bewahrte den Stab, den die Wesen Miswahrak nannten als Andenken auf. Doch gemeinsam mit Jakob legte sie die zusammengebundenen Häute, die Schriften Worahmos, das hehre Monstrosah, ins Feuer. Und so schieden die wahnsinnigen Lehren aus der Welt der Menschen, in welche sie nie gehört hatten.

Wenige Tage nach der Säuberung Schweigensend wurden Annaliese die Gesichtsbandagen abgenommen. Der Heilkundige Stiefsohn war mit der Regeneration der Wunde zufrieden. Doch die Maid würde die drei großen Narben für den Rest ihres Lebens mit sich tragen. An diesem Abend fand sie Jakob mitten in der Nacht in der Küche. Sie betrachtete sich in einem kleinen Spiegel und weinte. Jakob war sich nicht sicher, ob sich ihre Traurigkeit nur auf die Narben bezog oder auch mit Torahto zu tun hatte. Er war fest davon überzeugt, dass sie für dieses Wesen Gefühle empfunden hatte. Doch wagte er nicht etwas in dieser Richtung anzudeuten. „Entschuldige! Ich wusste nicht, dass du herunten bist." Sagte er, schenkte sich ein Glas Wasser ein und fragte vorsichtig: „Geht es deiner Seele sehr schlecht?" Die Magd schüttelte den Kopf. „Nein... und ja..." antwortete sie. „Für eine Frau ist es schlimm ihr Aussehen zu verlieren." Er trat zu ihr hin. „Du darfst aber nicht vergessen, dass du deinen wertvollsten Besitz noch hast, dein Leben. Und was die Narben betrifft. Vielleicht kannst du es so halten wie Torahto. Trage sie als Auszeichnung für eine Tat selbstloser Tapferkeit." Sie schmunzelte leicht amüsiert. „Das sagt sich leicht..." entgegnete sie und drehte sich zu dem Jüngling um „...aber sie mich doch einmal genauer an. Einst war ich eine schöne junge Frau." „Und bist es immer noch, innerlich wie äußerlich. Eine gütige, aufrichtige und mutige Person, einmalig, wertvoller als alle Reichtümer dieser Welt und schöner als alles, was die Natur je hervorbringen konnte!" „Jakob." Sagte sie und machte einen Schritt auf ihn zu und blickte mit ihren glänzenden enzianblauen Augen zu ihm auf. Schüchtern ließ er sein Gesicht an das ihre herangleiten und küsste sie vorsichtig. Im Sommer dieses Jahres gaben sie einander das Ja-Wort.

Doch zuvor kam der Frühling. Der Schnee schmolz und die Natur erwachte zu neuen Leben. Brunhilde sah in Annaliese eine große Schwester, bei der sie Trost finden konnte und bald hatte sie die blutsaugenden Monster vergessen, welche sie noch eine Zeit lang in ihrem Träumen heimsuchten. Auch ihrer und Jakobs Mutter, Margot, ging es zunehmend besser. Als sich die Welt um sie erwärmte, wurden ihre Augen lebhafter. Annaliese kochte für sie, Jakob und Brunhilde viele nahrhafte Speisen, welche ihren Körper kräftigten. Ihr Sohn setzte sie oft auf ein kleines Bänkchen im Hof damit sie viel frische Luft und Sonnenlicht genießen konnte. Margot beobachtete die Kühe, die bald auf der Weide grasen durften, die Vögel die sie besuchen kamen und die Eichhörnchen, welche in ihren frühlingshaften Liebesrausch einander von Baum zu Baum jagten. An einem dieser schönen warmen Frühlingstagen setzte sich Jakob zu ihr auf das Bänkchen. Und erzählte ihr alles, was er im Laufe des Tages erlebt hatte. So wie er es jeden Tag zu tun pflegte. Er berichtete ihr von Resi, seiner Lieblingskuh, die ihn heute Morgen vor Freude umgeworfen hatte, als er sie melken kam. Von Helmut, dessen Trauer noch sehr tief saß, aber fest davon überzeugt war, dass Lieselotte auf irgendeine Weise immer bei ihm war. Er erzählte er wache oft auf mit einem warmen Gefühl in seinem Herzen und wusste, dass es sich dabei um sie handelte. Er plauderte über seinen Besuch bei Vaters Grab und dass er ihn frisch gepflückte Blumen brachte, obgleich er sich nie etwas aus Blumen gemacht hatte. Aber das Beste hob er sich für den Schluss auf. Und er schilderte ihr wie er, Brunhilde und Annaliese nachmittags zu einem naheliegenden See spazierten und dort ein Entenpärchen beobachtet hatten. Es stellte sich bald heraus, dass es sich nicht nur um ein Pärchen, sondern eine Familie handelte, denn zwischen den beiden großen Enten versteckten sich vier kleine. Jakob erzählte weiter, dass er Brunhilde sein Jausenbrot spendete und sie damit die Tiere fütterte. Es machte ihr einen riesen Spaß und die niedlichen Entenküken die aufgeregt piepten erquickten ihre Seele. „Annaliese und ich legten uns derweilen in das frische saftige Gras, welches auch reich an Gänseblümchen und Löwenzähnen war. Wir hielten Händchen und schauten in die Wolken... Und dann..." erzählte Jakob und verfiel in ein Flüstern mit welchen er den Satz zu Ende sprach und seiner Mutter offenbarte: „…und dann habe ich sie gefragt, ob sie meine Frau werden wolle… Und sie sagte, ja." Die Augen seiner Mutter zuckten heftig hin und her. Ihr Mund öffnete und schloss sich und zum ersten Mal seit Monaten hörte er wieder ihre Stimme. Sie sagte nur ein Wort und das sehr undeutlich. Doch als er ihr vertrautes „Mausenbär" hörte, wusste Jakob mit absoluter Gewissheit: Alles wird sich wieder zum Guten wenden.

Ende

Werkübersicht des Autors

Der Himmel meiner inneren Finsternis

(2012)

Der 15 jährige Hans fällt durch einen Arbeitsunfall ins Koma aus dem er erst 9 Jahre später erwacht. Erschüttert muss er feststellen dass aus seinem bisherigen Leben nur noch Trümmer übrig geblieben sind. Nach vielen vergeblichen Versuchen wieder Anschluss zu finden verschlingt ihn die Resignation. Als der letzte Strick der ihn ans Leben bindet reißt beschließt er Selbiges zu beenden. Doch gerade an jenem Tag trifft er die erst 12 jährige entstellte Sarah, die wie er ein Dasein als Outsider fristet. Alsbald entsteht eine Freundschaft zwischen den beiden einsamen Seelen. Sarah erweckt in Hans wieder den Wunsch weiter zu leben, doch als sich zwischen den Beiden Gefühle auftun die über Freundschaft hinaus gehen beginnt das Debakel...

Das Lied vom Schwarzen Tod

(2013)

1679 durchlitt Wien eine der dunkelsten Zeiten. Ein Mann wurde zur Legende. Bis zum heutigen Tage kennt man seinen Namen, aber nur die halbe Geschichte, sind sie bereit für das komplette Abenteuer?

>>> Das Lied vom Schwarzen Tod ist eine fantasievolle Neuinterpretation der bekannten Augustinsage. Gepaart mit Fabeln, historischen Fakten und roher Gewalt<<<

(„Der Himmel meiner inneren Finsternis" und „Das Lied vom Schwarzen Tod" ist bei Books on Demand zusammengefasst in einem Band verfügbar)

Mangel – Der Anfang vom Ende

(2014)

In naher Zukunft erliegt der Großteil der weiblichen Bevölkerung einem unbekannten, tödlichen Virus. Nur wenige erweisen sich immun dagegen. Vollkommen aus dem Gleichgewicht gebracht versucht die Menschheit mit diesem massiven Verlust zurechtzukommen. Es entsteht eine letzte Allianz, die Staatsdiener, welche mit allen Mitteln versuchen die Ordnung und Sicherheit der Vergangenheit aufrechtzuerhalten. „Der Anfang vom Ende" ist das Tagebuch von Wolfgang Bauer, einem solchen Staatsdiener, in welchen er von den verstörenden Ereignissen berichtet die er erlebt und wie diese ihn als Person veränderten.

>>>„Mangel" entführt den Leser in eine düstere, erschütternde sowie auch originelle Zukunftsutopie und hinterlässt ihm mit dem Gefühl selbst ein Überlebender all jenes Schreckens zu sein. Ein Roman für hartgesottene.<<<

Herstellung und Verlag:
BoD - Books on demand, Norderstedt
ISBN 978-3-8391-2729-2

FSC
www.fsc.org

MIX

Papier aus ver-
antwortungsvollen
Quellen
Paper from
responsible sources

FSC® C105338